从宋词中汲取人生智慧

品读宋词名句,提升文化底蕴
锻炼写作技巧,学会诗意表达

姜越 编著

远方出版社

图书在版编目（CIP）数据

从宋词中汲取人生智慧 / 姜越编著. -- 呼和浩特：
远方出版社，2024.6. -- （"魅力经典"系列）.
ISBN 978-7-5555-1960-7

Ⅰ. I207.23

中国国家版本馆CIP数据核字第2024HA9287号

从宋词中汲取人生智慧
CONG SONGCI ZHONG JIQU RENSHENG ZHIHUI

编　　著	姜　越
责任编辑	李　婧
封面设计	李　玉
出版发行	远方出版社
社　　址	呼和浩特市乌兰察布东路666号　邮编 010010
电　　话	（0471）2236473总编室　2236460发行部
经　　销	新华书店
印　　刷	北京洲际印刷有限责任公司
开　　本	710毫米×1000毫米　1/16
字　　数	200千
印　　张	15
版　　次	2024年6月第1版
印　　次	2024年6月第1次印刷
标准书号	ISBN 978-7-5555-1960-7
定　　价	66.00元

如发现印装质量问题，请与出版社联系调换

前　言

　　繁花似锦的宋王朝在烟波浩渺的历史长河中早已无迹可寻，但它承载着的一代人的智慧却留存于世。被称为"一代文学"的宋词却在大浪淘沙的时间洪流中，历经岁月的洗涤而不褪色，反倒愈益散发出灿烂夺目的光芒，以其特有的馨香与魅力感染了一代又一代的读者。

　　说到宋词，我们会想到晏殊，想起他的"无可奈何花落去，似曾相识燕归来"的淡淡哀伤；想到欧阳修，想起他的"人生自是有情痴，此事不关风与月"的爱情自白；想到柳永，想起他的"衣带渐宽终不悔，为伊消得人憔悴"的无悔相思；想到苏轼，想起他的"但愿人长久，千里共婵娟"的诚挚祝福；想到秦观，想起他的"两情若是久长时，又岂在朝朝暮暮"的美好愿望；想到贺铸，想起他的"一川烟草，满城风絮，梅子黄时雨"的无边愁绪；想到李清照，想起她的"莫道不销魂，帘卷西风，人比黄花瘦"的满腹愁思；想到陆游，想起他的"山盟虽在，锦书难托"的难言之隐；想到辛弃疾，想起他的"众里寻他千百度，蓦然回首，那人却在灯火阑珊处"的欣喜若狂……宰相也罢，白衣也罢，人人都在宋词的韵律与文字中狂欢。这里有喜悦，有悲伤，有纯粹的欢喜，有凄凄的别离，亦有寥寥文字背后的历史故事。这些脍炙人口的词句，穿越千年时光隧道，萦绕在当代人的心头，为我们的生活平添一份诗情画意。

　　宋词中包含着丰富的情感体验和理性智慧，其中有词人对爱情的品读,对人生的感悟,对苦闷的超脱,对个体生命的关怀,对功名事业的感触,对社会现实的深刻体会,对人生不同阶段的认识……这些历经千年的智慧果实,饱经风吹雨打而历久弥新,抚摸着人类心里柔软而脆弱的部分,荡涤着我们的灵魂,使飘荡无依的情感、焦躁不安的心灵找到了宁静的港湾与归宿。从前的宋词是用来唱的,青楼歌女、文人雅士,把那满腹的心事、幽怨的情思、不平的牢骚,通过词句毫不避讳地宣泄。现在的宋词是用来品的,一个人,一杯茶,抖落一身红尘,远离外边的世界,沉下心来听一听宋词的浅吟低唱,读一读千年前文人墨客欲说还休的心事,焦虑的心情便平静下来,疲惫的身体也不再劳累,世间的悲欢离合仿佛化作历史的青烟,翩然远去。

宋词所记录的是宋人的种种生活琐事、绵绵离愁别绪、殷殷爱国热血和脉脉儿女情长。宋词宛如一条河,裹挟着宋人的慷慨激昂、悲欢离合,流到我们面前。我们用真心、真情走近他们,理解他们。我们喟叹着相似的境遇,抒发着相似的情感。他们经历过的,我们正在经历着;他们感怀过的,我们正在感怀着;他们叹惋过的,我们正在叹惋着。词中的人生,也是我们的人生。所以,品读宋词,就是品读我们的人生。

在尘世幽静的一隅,在馥郁茶香的萦绕下,品味宋词,感悟人生,你会在美的洗礼中得到心灵的净化与升华,得到智慧的熏陶与启迪。本书从认识人生、奋斗人生、体验人生、爱满人生、幸福人生、完美人生、洒脱人生、珍惜人生等几个方面提炼宋词穿越时空的人生智慧,以轻松愉快、通俗易懂的文字呈现出日常生活中蕴含的哲理,让读者在愉快阅读的同时增添智慧。

第一章 一点浩然气，千里快哉风
——积极进取，认识人生

1. 会挽雕弓如满月，西北望，射天狼
   ——播种积极的种子，收获成功的果实 …… 003

2. 莫辞醉，此花不与群花比
   ——保持自信的人生态度 …… 007

3. 自家肠肚自端详
   ——走自己的路不后悔 …… 010

4. 藏白收香，放他桃李，漫山粗俗
   ——与众不同才能成功 …… 014

5. 功名机会，要须闲暇先备
   ——机会偏爱有准备的人 …… 016

6. 莫将一片广长舌，博取封侯
   ——说大话不如有真才实学 …… 020

7. 自古英雄之楚、又之秦
   ——始终不放弃希望 …… 024

8. 自是休文，多情多感，不干风月
　　——心态的力量不可低估 ················· 027

第二章　人生唏嘘云亡，好烈烈轰轰做一场
　　　　——壮怀激烈，奋斗人生

1. 云海茫茫无处归，谁听哀鸣急
　　——磨难使人成长 ····················· 033
2. 城中桃李愁风雨，春在溪头荠菜花
　　——选择坚强方能笑傲人生 ··············· 037
3. 扶持我去，转得官归，恁时赏你
　　——学习改变命运 ····················· 041
4. 使李将军，遇高皇帝，万户侯何足道哉
　　——成功离不开机遇 ··················· 044
5. 诗不穷人，人道得诗，胜如得官
　　——成功的路有很多条 ················· 048
6. 业无高卑志当坚，男儿有求安得闲
　　——人一定要勤奋 ····················· 052

第三章　今年花胜去年红，可惜明年花更好
　　　　——宁静乐观，体验人生

1. 酿成千顷稻花香，夜夜费、一天风露
　　——走进自然，放飞心灵 ··············· 057

2. 此心安处是吾乡

　　——保持一颗平常心 ……………………………… 060

3. 谁道人生无再少？门前流水尚能西

　　——乐观向上的人生态度 …………………………… 065

4. 夕阳芳草本无恨，才子佳人空自悲

　　——人不要自寻烦恼 ………………………………… 070

5. 回首向来萧瑟处，归去，也无风雨也无晴

　　——宠辱不惊是一种境界 …………………………… 074

6. 世路如今已惯，此心到处悠然

　　——心境淡然才会快乐 ……………………………… 077

7. 浮云出处元无定，得似浮云也自由

　　——学会选择，懂得放弃 …………………………… 079

第四章　人生自是有情痴，此恨不关风与月
　　——理解尊重，爱满人生

1. 和羞走，倚门回首，却把青梅嗅

　　——羞涩更添女人魅力 ……………………………… 087

2. 心似双丝网，中有千千结

　　——爱需要勇气 ……………………………………… 089

3. 肥水东流无尽期，当初不合种相思

　　——相思病无药可医 ………………………………… 094

4. 但愿人长久，千里共婵娟

　　——天下没有不散的筵席 …………………………… 098

5. 两情若是久长时,又岂在朝朝暮暮

  ——多给彼此一些空间 ·· 102

6. 枝上柳棉吹又少,天涯何处无芳草

  ——何必单恋一枝花 ·· 106

7. 东风恶,欢情薄,一怀愁绪,几年离索

  ——处理好婆媳关系 ·· 111

8. 衣带渐宽终不悔,为伊消得人憔悴

  ——选择了就要无怨无悔 ··· 117

第五章 平芜尽处是春山,行人更在春山外
——快乐愉悦,幸福人生

1. 仔细思量,好追欢及早

  ——丢掉所有的不快乐,就是快乐 ································ 127

2. 诗酒趁年华

  ——善待今天,把握这一刻的幸福 ································ 131

3. 碧云笼碾玉成尘,留晓梦,惊破一瓯春

  ——培养幸福快乐的心态 ··· 134

4. 枕上诗书闲处好,门前风景雨来佳

  ——生活是多姿多彩的 ·· 139

5. 一松一竹真朋友,山鸟山花好弟兄

  ——选择一份好心情 ·· 143

6. 我见青山多妩媚,料青山见我应如是

  ——我们怎样对待生活,生活就怎样对待我们 ··············· 147

第六章　但力行好事，休问穷通
　　——充实自我，完美人生

1. 欲将心事付瑶琴，知音少，弦断有谁听

　　——人不能没有知己 ……………………………………… 153

2. 江头未是风波恶，别有人间行路难

　　——朋友多了路好走 ……………………………………… 156

3. 我为灵芝仙草，不为朱唇丹脸

　　——光明磊落，坦荡做人 ………………………………… 159

4. 一诺千金重

　　——做人要讲诚信 ………………………………………… 161

5. 无意苦争春，一任群芳妒

　　——美来自内在的修养 …………………………………… 166

第七章　人有悲欢离合，月有阴晴圆缺
　　——胸怀旷达，洒脱人生

1. 粗衣淡饭，赢取暖和饱

　　——知足才能常乐 ………………………………………… 173

2. 人间有味是清欢

　　——清心忘我，身放闲处 ………………………………… 178

3. 功名浪语

　　——摆脱名利的束缚 ……………………………………… 181

4. 当时共我赏花人，点检如今无一半

　　——活在当下最重要 ·············· 185

5. 浮生长恨欢娱少，肯爱千金轻一笑

　　——别为金钱丢掉快乐 ············ 190

6. 占得人间一味愚

　　——大智若愚是一种人生境界 ······ 194

7. 刚者不坚牢，柔者难摧挫

　　——柔弱胜刚强 ·················· 197

第八章　人生如逆旅，我亦是行人
——时光易逝，珍惜人生

1. 一场愁梦酒醒时，斜阳却照深深院

　　——一寸光阴一寸金 ·············· 205

2. 又不道流年暗中偷换

　　——浪费时间就是浪费生命 ········ 208

3. 无可奈何花落去，似曾相识燕归来

　　——珍视自己的生命 ·············· 212

4. 莫等闲，白了少年头，空悲切

　　——抓住时间，利用时间 ·········· 217

5. 如此春来春又去，白了人头

　　——不放弃一分一秒的时间 ········ 221

6. 旧游无处不堪寻。无寻处，惟有少年心

　　——时间一去不复返 ·············· 224

第一章 一点浩然气,千里快哉风——积极进取,认识人生

在人生的道路上,有坦途,有歧路,更充满了困难和挑战。苏轼以「一点浩然气,千里快哉风」这一豪气干云的惊世骇俗之语昭告世人:一个人只要具备至大至刚的浩然之气,就能超凡脱俗,刚直不阿,坦然自适,在任何境遇中,都能处之泰然,享受使人感到无穷快意的千里雄风。这种在逆境中仍保持浩然之气的坦荡的人生态度,对当今社会仍有积极的指导意义。

1. 会挽雕弓如满月，西北望，射天狼

——播种积极的种子，收获成功的果实

◎ 出处

苏轼《江城子·密州出猎》

◎ 原文

老夫聊发少年狂，左牵黄，右擎苍，锦帽貂裘，千骑卷平冈。为报倾城随太守，亲射虎，看孙郎。

酒酣胸胆尚开张。鬓微霜，又何妨！持节云中，何日遣冯唐？会挽雕弓如满月，西北望，射天狼。

◎ 译文

我姑且抒发一下少年人的狂傲之气，左手牵着黄狗，右手托着苍鹰。随从的将士们头戴华美艳丽的帽子，身穿貂皮做的衣服，带着浩浩荡荡的大部队像疾风一样，席卷平坦的山冈。为报答全城的百姓追随我出猎，我一定要亲自杀一头老虎，像孙权一样给大家看看。

喝酒喝到正高兴时，我的胸怀更加开阔。即使头发微白，又有什么关系呢！什么时候皇帝会派人下来，像汉文帝派遣冯唐持符节到云中赦免魏尚？那时我定当拉开弓箭，使之呈现满月的形状，瞄准西北，把代表西夏的天狼星射下来。

◎ 赏析

这首词是苏轼较早创作的豪放词，作于北宋熙宁八年（公元1075年）冬，此时的苏轼因为与新政不合，主动要求外放，任密州知州。虽然苏轼因仕途受挫，心里产生疲惫之感而自称"老夫"，但实际上

他正处盛年，充满少年豪壮之情，且心态积极向上。年轻的心让他摆脱了坎坷人生带来的暮年之气，让他看淡了个人仕途的挫折；年轻的心让他对未来充满向往，盼望着能有像冯唐那样的使臣持节密州，盼望着重新得到朝廷重用，盼望着能"西北望，射天狼"，为国尽忠；年轻的心消除了他消极悲观的情绪，焕发出蓬勃的生机和跃动的活力，使他果敢坚定、无所畏惧。人生的道路上需要这样积极的心态。

众所周知，在这个世界上，成功卓越的人毕竟是少数，普通平凡的人占据多数。那么，情况为什么会是这样呢？我们不妨仔细地比较一下成功者和普通人的心态，特别是他们在关键时刻的心态，你将会十分惊讶地发现：在关键时候，由于每个人面对事情的心态不同，其各自的命运也不尽相同。

有这样一个故事：两个欧洲的推销员到非洲去推销皮鞋。由于非洲天气炎热，当地人一直都是赤着脚走路。第一个推销员看到非洲人这个样子，立刻失望起来，他想：这些人都赤着脚，怎么会买我的鞋呢？于是他放弃了。而另一位推销员看到非洲人都赤着脚，不禁惊喜万分，在他看来，这些人都没有皮鞋穿，这里的皮鞋市场十分广阔。于是他想尽一切办法，引导非洲人购买皮鞋，最后成功归来。

从中不难看出，不同的心态可能会导致不同的结果。同样是非洲市场，同样面对赤着脚的非洲人，由于心态不同，一个人灰心失望，不战而败；另一个人则满怀信心，大获全胜。

面对同样的机会，积极心态有助于人们克服困难，发掘自身的力量，最终抵达成功的彼岸。心态消极的人则总是心存疑虑，看着机会渐渐远去而不采取行动，最终在关键时刻错失良机。

消极心态与积极心态一样，也能对人产生巨大的影响。因此，我们不仅要最大限度地发挥和利用积极心态的力量，也应该努力消除消极心态的影响。如果你一开始就放弃了，还没努力就说"不行"，那么事情一定会像你所想的那样停滞不前。希望没有了，奋斗的精神也会随之消失，久而久之，真的就会让自己相信事情无法办到。

挫折与机会之间有什么关联呢？关键在于人们对待事物的态度：积极的人视挫折为成功的垫脚石，并勇于将挫折转化为机会；消极的人则视挫折为成功的绊脚石，从而让机会悄悄溜走。

拥有积极的心态，看见将来的希望，就会激发起现在的动力。而消极心态会摧毁人们的信心，使希望泯灭。消极心态能让人慢慢变得意志消沉，失去动力，最终远离成功。

态度消极的人不仅往往只能看到外部世界最坏的一面，而且还会想到自己最坏的一面。他们不敢期待什么，因而往往最后的收获也很少。遇到一个新的想法或观念，他们的反应往往是："这是行不通的，从来没有这么干过。""没有这主意不也过得很好嘛？""我们承担不起风险，现在条件不成熟。""这不是我们的责任。"

事实上，在我们的日常生活中，平凡的人占多数，其主要原因就是心态问题。有的人一碰到困难，总是挑选最容易的办法，甚至退缩，总是说："我不行了，我还是放弃吧。"结果使自己陷入失败的深渊。成功者则正好相反，他们一遇到困难，总能始终如一地保持积极的心态。以"我要！""我能！""我一定行！"等积极的话语不断鼓励自己，尽一切可能不断前进，直至走向成功。

成功的人大都以积极的思考、乐观的态度和认真的实践来掌控自己的人生。以积极心态支配人生的人，总能积极乐观地处理人生中遇到的各种困难、矛盾和问题；而人生被消极心态左右的人，总不愿也不敢直面生活中的各种难题。

我们经常听人说，他们现在的境况是别人造成的，环境决定了他们的人生位置。但事实上不完全是这样的，周围环境对于人的影响是有限的，而如何看待人生，是由我们自己决定的。

总而言之，人生掌握在我们自己的手中。成功是积极心态的结果。我们究竟能飞多高，并非完全由外部因素决定，我们的心态在一定程度上也能够决定我们人生的成败。比如：我们怎样对待生活，生活就怎样对待我们；我们怎样对待别人，别人就怎样对待我们；我们在一项任务刚开始时的心态，能够影响我们最后获得多大的成功。

当然，心态积极并不能保证事事成功，但一直持消极态度的人则一定不会成功。

让我们用积极的心态来对待自己的生活和事业吧！播下积极的种子，收获成功的果实。

2. 莫辞醉，此花不与群花比
——保持自信的人生态度

◎ 出处

李清照《渔家傲·雪里已知春信至》

◎ 原文

雪里已知春信至，寒梅点缀琼枝腻。香脸半开娇旖旎，当庭际，玉人浴出新妆洗。

造化可能偏有意，故教明月玲珑地。共赏金尊沉绿蚁，莫辞醉，此花不与群花比。

◎ 译文

大地一片银装素裹，一树报春的红梅点缀其间，梅枝犹如天工雕出的琼枝，别在枝头的梅花，丰润姣美。梅花含苞初绽，娇柔可怜，芳气袭人，就像庭院里刚刚出浴，换了新妆的美人。

上天可能也对梅花有所偏爱，所以让月色皎洁清澈，玲珑剔透。让我们举起金盏畅饮，一道来欣赏这月色里的梅花吧，请不要推辞酒量不胜。要知道，群花竞艳，谁也逊色于梅花呀。

◎ 赏析

《渔家傲》是李清照的一首咏梅词。在白雪皑皑的寒冷冬季，一枝梅花透露出春的气息，它美丽、高洁，如同刚出浴的美人，连大自然都为它的美沉醉，于是唤出皎洁的月光，让天地间一片玲珑剔透。笔者认为，"此花不与群花比"不仅是李清照对寒梅超然品性的赞美，更是她对自己过人才识和绝代风华的强烈自信。

我们就应该像李清照这样保持自信的人生态度，充满自信地生活。人人都希望成功，而成功的要素之一，就是坚定不移的信心。可是真正相信自己的人并不多，所以真正成功的人也不多。

一个人放弃了信心，等于放下了手中的武器，甘认失败。信心把有限的生命与无限的坚强精神糅合在一起，从而产生一种无比巨大的内在力量，指引我们无休止地走下去，一直要到达自己理想的目的地才终止。有了自信心，就有了战胜困难的勇气；有了自信心，就能在最佳心态下去从事前人没有从事过的伟大事业。

哈佛大学的一位教授做过一个有趣的实验，实验对象是三组学生与三群小白鼠。

他对第一组学生说："你们很幸运，你们分到了'天才小白鼠'。这些小白鼠相当聪明，它们都能到达迷宫的终点，并且吃许多干酪，所以要多买一些喂它们。"

他告诉第二组学生说："你们的小白鼠只是普通的小白鼠，不太聪明。虽然它们最后还是会到达迷宫的终点，并且吃一些干酪，但是不要对它们期望太高，它们的能力与智商都很普通。"

他告诉第三组学生说："这些小白鼠十分愚蠢，如果它们能找到迷宫的终点，那真是令人意外。它们的表现一定很差，我想你们甚至不必买干酪，只要在迷宫终点画上干酪的图案就行了。"

之后的几个星期，学生们都在精心地进行实验。"天才小白鼠"的行动就像天才一样敏捷，它们在短时间内就到达了迷宫的终点。那么从一群"普通小白鼠"那里又能得到什么结果呢？它们也能到达终点，但是在这个过程中学生们并没有写下任何速度记录。至于那些"愚蠢的小白鼠"，就更不用说了，它们几乎都在实验中遇到了困难，最后只有一只找到迷宫的终点,那可以说是一个令人吃惊的意外。

有趣的是,根本没有所谓的"天才小白鼠"和"愚蠢小白鼠"之分,它们都是来自同一窝的普通小白鼠。这些小白鼠的成绩之所以不同,是因为参加实验的学生态度不同。简而言之,学生们因为听说小白鼠的智商不同而采取了不同的实验态度,不同的态度导致了不同的结果。学生们虽然不懂小白鼠的语言,但是不同的态度能够引发小白鼠不同的反应。

毛泽东曾有诗云:"自信人生二百年,会当水击三千里。"自信是事业成功的一大秘诀。梁启超也曾说过:"凡任天下大事者,不可无自信心,每处一事既看得透彻,自信得过,则以一往无前之勇气赴之,以百折不挠之耐力持之。虽千山万岳,一时崩溃而不以为意。虽怒涛惊澜,蓦然号于脚下,而不改其容。"由此,我们可以看出,自信心对于一个立志成就大事业的人来说是多么重要啊!

古之成大事者少有缺乏信心之辈。秦皇汉武、唐宗宋祖,都充分表现出天之骄子的自信。李贺对秦王那威风凛凛的气魄作诗云:"秦王骑虎游八极,剑光照空天自碧。"卢纶对李广将军那镇定自若、箭出虎倒的气势描写说:"林暗草惊风,将军夜引弓。平明寻白羽,没在石棱中。"秦王和李广虽不是同一类型的历史人物,但他们都拥有扭转乾坤与力挽狂澜的自信。

要拥有自信,必须提高自我评价,正确认识自我。李白在《将进酒》中写道:"天生我材必有用。"即是说,我能生临人世间,必定是人世间需要我,我能发挥对人世有益的作用,甚至能作出一定的贡献。

有的人在一帆风顺的条件下,慷慨陈词、信心百倍,可是一遇到逆境便萎靡不振，如霜打秋荷一般。须知："战胜自己的自卑和怯弱，是对事业的最好祝福。"在逆境中，应该"手提智慧剑，身披忍辱甲"，越是困难，越需要有自信，越需要奋发图强。

能够成就大事业的人，永远是那些相信自己，敢于想人之所不敢想、为人之所不敢为的人，那些不怕孤立，勇敢而有创造力的人。有的人之所以平凡，是因为他们没有发掘自己沉睡着的自信心，不能把它唤起，从而失去了人人皆可为英雄的勇气，最终安然于普通平凡的生活之中。英雄豪杰则有所不同，他们通常有远大的理想、崇高的目标、宏伟的志向和强大的信心，昂首阔步，永远向前，永远向上，努力释放自己的能量，创造伟大的奇迹。

自信是人生有力的加油站。天下没有克服不了的障碍，只要你能勇往直前，深信生命中的每件事情都能推动你实现目标。让自信成为我们前进的动力吧！

3. 自家肠肚自端详

——走自己的路不后悔

◎ 出处

朱敦儒《临江仙·信取虚空无一物》

◎ 原文

信取虚空无一物，个中著甚商量。风头紧后白云忙。风元无去住，云自没行藏。

莫听古人闲语话,终归失马亡羊。自家肠肚自端详。一齐都打碎,放出大圆光。

◎ 译文

既然大千世界不过是廓然无物的空幻之象,那么尘世上的是非功过又有什么值得计较呢?一阵风猛地吹过来,白云随风飘荡,看起来好不热闹。殊不知这风和云并没有动和静、行和止的变化,人们眼中的不过是众生所妄见的幻象而已。

不要一味听从古人的闲言碎语,羊毕竟丢了,马毕竟跑了,一切雄辩,无济于事。自己的心腹事,应由自己来审度处置。只有打翻一切陈言与说教,才能释放巨大的光芒。

◎ 赏析

"莫听古人闲语话,终归失马亡羊"的意思是说不要把古人昔贤的言语奉为金科玉律,视为至理名言。不要因为马跑了、羊丢了,心情非常难过,便到圣贤书中寻找慰藉。《淮南子》中"塞翁失马,焉知非福",《战国策》里"亡羊而补牢,未为迟也",都饱含着深刻的哲理,但又有什么用呢?书中的马和羊终究都已丢失,无处可寻,损失难以弥补。还是"自家肠肚自端详"的好,走自己的路,自己的事情由自己来审度、处理,不要在古书中寻求至理名言慰藉心灵,也不要被古人的议论左右,影响自己的判断。

走自己的路,这是词人对人生经验的总结,也是他人生智慧的结晶。只有走自己的路,我们才不至于一味模仿别人,被别人左右,忘记自己的真正需求;只有走自己的路,不跟在别人身后,才能走出一条属于自己的新路、好路;只有走自己的路,不按照别人的方式生活,才能取得令人瞩目的成就。

《伊索寓言》中有这样一个故事：一位老人和一个小孩用一头驴驮着货物去赶集。赶完集回来，孩子骑在驴上，老人跟在后面。路人见了，都说这孩子不懂事，让老年人徒步。孩子就赶忙下来，让老人骑上驴。于是旁人又说老人怎么忍心自己骑驴，让孩子走路。老人听了，又把孩子抱上来一同骑。骑了一段路，不料看见的人都说他们残忍，两个人骑一头小毛驴，都快把小毛驴压垮了，两个人只好都下来。可是人们又笑话他们有驴不骑却走路。老人听了，对小孩叹息道："没法子了，看来我们只剩下一条路，两个人扛着驴子走吧！"

正因为他们不能坚持自己的原则，总是被路人的言论左右，最终不知所措，徒增烦恼。

我们毕竟不是孤立存在的个体，一言一行总会对周围的人、周围的世界产生影响，也必然会受到周围世界的评论。这些评论可能是褒扬，也可能是非难。但不论是褒扬还是非难，都有理解与不理解、公正与歪曲的成分。所以，对于这些评论，不能一概接受。

许多人做起事情来就像上述故事中所讲的老人和孩子，总想做得面面俱到，别人叫他怎么做，他就怎么做，谁有意见，就听谁的。可是面面俱到的结果却可能是没有人满意，反而将自己置于无所适从的境地。

凡事面面俱到，那是绝对不可能的。因为我们不可能顾及每一个人的面子和利益，你认为照顾到了，别人却不一定这么认为，甚至有的人根本不领情。再者，不同的人对同一件事的感受和看法都有所不同，你让这个人满意，就会让另一个人不满意。追求面面俱到的结果只有两种：要么自己心力交瘁；要么被人捏住软肋，任人摆布。与其这样，我们何不明智一点，快乐地做自己。按照自己的意愿做人做事，不必勉强改变自己，不必费心掩饰自己。这样，就能少一些精神束缚，多几分心灵舒展，就能少一点儿不必要的烦恼，多几分人生的快乐与轻松。

相反，忘记了"我是谁"，硬要逼迫自己去改变，戴着面具去应付人生，各种烦恼就会接踵而至。设法掩饰自己本就要付出许多的心力，而一旦没有掩饰好，便会更糟。对于做人来说，与其把精力花在这上面，还不如索性令人识我真相，见我真人，知我真本色。

爱默生在散文《自持》中说："每个人在受教育的过程当中，都会有段时间确信嫉妒是愚昧的，模仿只会毁了自己；每个人的好与坏，都是自身的一部分；纵使宇宙间充满了好东西，不努力你什么也得不到；你内在的力量是独一无二的，只有你知道自己能做什么……"

查理·卓别林刚刚拍电影的时候，导演让他模仿当时德国一名著名的喜剧演员，可他的表演事业一直没有起色，直到找到属于他自己的戏路，才成为举世闻名的喜剧大师。在欧文·柏林与乔治·葛希文两个人相识的时候，柏林已是有名望的作曲家，而葛希文还仅是每个星期只能赚35块钱的无名小卒。柏林非常欣赏葛希文的才华，表示愿付三倍的价钱聘请他为音乐助理。但后来柏林却说："你最好别接受这份工作，否则你可能会变成一个二流的柏林；假如你秉持本色努力奋斗下去，你会成为一个一流的葛希文。"葛希文选择拒绝了这份工作，并牢记柏林的忠告，努力奋斗，最终成为美国当代著名的音乐家。

我们应该庆幸自己是世上独一无二的，应该发挥自己的禀赋。不管是好是坏，你都得耕耘自己的园地；不管是好是坏，你都得弹奏自己生命的琴弦。

4. 藏白收香，放他桃李，漫山粗俗
——与众不同才能成功

◎ **出处**

杨无咎《柳梢青·为爱冰姿》

◎ **原文**

为爱冰姿，画看不足，吟看不足。已恨春催，可堪风里，飞英相逐。只应自惜高标，似羞伴、妖红媚绿。藏白收香，放他桃李，漫山粗俗。

◎ **译文**

只因爱梅花那高贵淡雅的姿态，即便朱笔丹青、吟诗作赋，也不足以体现它的美。可惜春天已到，它又怎禁得住那风中飘舞的雪花。

梅花本就珍惜自己高尚的品格，似乎耻于和妖艳的红花、妩媚的绿叶为伴。春来它便将自己的洁白身姿与沁人香气掩藏起来，任凭那些庸俗的桃花、李花开遍满山。

◎ **赏析**

杨无咎曾画墨梅图十幅，每幅上题《柳梢青》词一首，这是其中的一首。梅花只在冰天雪地里傲然绽放，一枝独秀。春天来了，红花绿叶满山遍野，妖艳桃李烂漫盛开，它就在东风的吹拂下，"藏白收香"，片片飞花相逐，主动退出春天。这就是梅花与众不同之处，春暖花开，百花争艳，它不趋之若鹜，而是保持自己独特的个性，选择在百花凋谢、孤寂寒冷、冰天雪地中开出鲜艳的花朵。

与众不同是成功的秘诀之一。在人生中如果我们能够像梅花一般与众不同，往往就会出奇制胜，早日取得成功。

在象牙塔里，在艺术创作领域，"成功"似乎与在其他领域里的成功不完全相同。以创业为例，尽管世界上没有两片相同的树叶，也没有两次不同的创业，但是就创业而言，确实还有一些共通的东西可以借鉴，比如前人的经验。而艺术创作则不同，对于作家、画家和音乐家等，他们的价值其实就在于他们的"与众不同"。

我们可以想象一下，如果世界上的作家们写的东西都是用同样的体裁、同样的手法，写出同样的故事情节，那将是多么无趣的一件事情呀！还有，如果世界上的画家画的画都是一个样子，那我们这个世界会缺少多少色彩呀！所以说，在艺术创作领域里，成功的一个重要的标准就是与众不同，要想取得成功，每一个人都应该将"与众不同"作为自己追求的目标，只有这样才能充分体现个人的价值，取得令人瞩目的成就。

毕加索是二十世纪最杰出的艺术家之一。人们不管爱他还是恨他，都不得不承认毕加索在二十世纪西方艺术领域无人替代的地位。

关于毕加索的生平，这里不再赘述，我们以他的一幅被称为"划时代的作品"的《亚威农少女》（1907年）为例予以说明。

《亚威农少女》仅从选材来说，延续了西方绘画史上少女画这个极为重要和古老的主题，但是在实质上，这幅画却对这种画作的"优美"传统发出致命的一击，画中人物那狂野怪异的形态，有力地喊出一种新的艺术追求："让风雅灭绝吧！"

在这幅画里，画家在近似正方形的画面中展现了五个裸体少女，她们挤在前景上，仿佛要闯出画面一般。她们的形体好像是由一些几何形碎片拼凑起来的，谈不上什么动人的曲线，也没有什么匀称的比例。右边两个人的面孔更是丑怪得令人害怕，同非洲奇特的面具没多大区别。

整个作品，从形象塑造到空间处理，与传统绘画的原则相去甚远。但毕加索貌似"胡来"的处理，是学习和探索的成果，其中蕴含着深厚的艺术修养。

我们知道，发展、变革和创新是文明进步不可或缺的条件，美术发展的轨迹也证明了这一点。十九世纪末期，反对再现性艺术传统的思潮日盛，那些长久被忽视的不合常规的艺术形式，在革新者这里受到了热烈的欢迎，给他们提供了精神上的支持和创作上的启迪。

《亚威农少女》刚出现时，就连毕加索那些较为前卫的朋友也有些难以适应，但是它的影响力不知不觉扩散开来。今天，这幅符合新的审美要求和趣味的作品，已是公认的现代艺术经典之一，它的诞生被当作"立体主义"出现的标志。

从毕加索的《亚威农少女》，我们可以清楚地看出，作为一位艺术家，只有敢于与众不同，才能走向卓越。

5. 功名机会，要须闲暇先备
——机会偏爱有准备的人

◎ 出处

刘仙伦《念奴娇·送张明之赴京西幕》

◎ 原文

舣艭东下，望西江千里，苍茫烟水。试问襄州何处是？雉堞连云天际。叔子残碑，卧龙陈迹，遗恨斜阳里。后来人物，如君瑰伟能几？

其肯为我来耶？河阳下士，差足强人意。勿谓时平无事也，便以言兵为讳。眼底河山，楼头鼓角，都是英雄泪。功名机会，要须闲暇先备。

◎ 译文

舻艘大船东流下，远望千里西来的大江，只见一片烟水苍苍茫茫。若问襄州究竟在哪里？应是在雉堞一直与天边云霞连接的地方。羊祜的残碑，诸葛亮的遗迹，都满载遗恨沐浴着残阳。后来的人物，有几个能像您这样卓伟超常。

"其肯为我来耶？"说这话的乌重胤的礼贤下士，才能够使人们精神振奋，意志增强。不要老是认为现在太平无事了，便避讳讨论军备武装。眼前的江山，楼头的鼓角，都流露着英雄的慷慨悲凉。要想得到获取功名的机会，在闲暇时就应该准备停当。

◎ 赏析

这首词写于词人送友人奔赴襄阳任职之时。当时宋金两国对峙于襄阳，暂时的平静麻痹了世人，甚至让将士们忘记了收复失地的重任。词人担心友人也被同化，因此写下该词，鼓励友人张明之要事先做好准备，不要"以言兵为讳"，认为现在太平无事，便避讳讨论军备武装。"功名机会，要须闲暇先备。"意为要想得到获取功名的机会，在闲暇时就应该做好准备。

机会偏爱有准备的人。蜘蛛为了捕获猎物，总是先织网，等待猎物到来，这是把成功的机会掌握在自己的手中。

一位老教授退休后，经常探访偏远山区的学校，给当地教师分享和传授教学经验。由于老教授富有爱心、和蔼可亲，受到老师及学生的欢迎。

有一次，当他结束在一所学校的行程，准备赶赴别处时，许多学生依依不舍，老教授也不免为之所动，当下答应他们，下次再来时，只要谁能将自己的课桌椅收拾整洁，老教授就送给他一件神秘礼物。

在老教授离开后，每到星期三早上，所有学生一定会将自己的桌面收拾干净，因为老教授通常会在星期三来他们学校，只是不确定他会在哪一个星期三来。

其中有一个学生的想法和其他同学不一样，他一心想得到教授的礼物留作纪念，生怕教授会在星期三以外的日子突然带着神秘礼物到来，于是他每天早上都将自己的桌椅收拾整齐。但往往上午收拾妥当的桌面，到了下午又是一片凌乱，这个学生担心教授会在下午到来，于是下午又收拾了一次。想想还是觉得不安，如果教授在一个小时后出现在教室，仍会看到他的桌面凌乱不堪，于是他便决定每个小时收拾一次。最后他想清楚了，教授随时会来，仍有可能看到他不整洁的桌面，因此他必须一直保持自己桌面的整洁，随时欢迎教授的光临。

老教授虽然还没有带着神秘礼物出现，但这个学生已经得到了另一份珍贵的礼物。

假如你希望获得成功，就要为它创造条件。许多人终其一生，都在等待一个足以改变命运的机会，而事实上，机会无处不在。关键在于你是否能时刻保持心灵桌面的整齐，为机遇的到来做好准备。

有一位成功者在被问及"是什么造就了你的成功？你怎样取得成功"的问题时，他这样回答："我能确切地告诉你，那是在大学读书期间，我与一个同学同住一间寝室。一天晚上，当我们几个人团团围坐谈论生活时，他走了进来。我能看出来他很兴奋，但是在大家离开前他没说什么。人们刚走，他就忍不住脱口而出：'我家发财了！我的母亲打电话给我，说今天早晨她去信箱取邮件时，发现一张百万支票。'惊奇之后，我的反应是难以掩饰的嫉妒。"

这位成功者继续说："那个晚上我躺在床上，很久睡不着，心想：为什么这事发生在他家里，而不是我家里？为什么是他得到了钱而不是我得到了钱？最后，我试图系统地分析这件事。我想了想：在我的生活中有什么机会能给我带来一笔横财呢？我悲哀地意识到什么机会也没有。我没有能增值的股票，而且据我所知，我家也没有。我既没有一块能突然发现石油的土地，也没有能被证明是名作的藏品；我没有能让自己一举成名的才华——我没有任何能使我马上发迹的东西。躺在床上，我默默告诫自己：'假如你希望在生活中获得好的机遇，你必须播种，而且最好多播种，因为你尚不清楚哪一粒种子会发芽。'从那以后，我一直在播种，如今有几粒种子已经发芽了。正因如此，我才有今天这样的生活。"

这就是对人生有规划的人。他们通过努力拼搏，在自己的人生中取得成功。俗话说："种瓜得瓜，种豆得豆""一分耕耘，一分收获"，如果你想体验收获的喜悦，就不要徒羡别人的运气，现在就开始为将来的收获播种吧！常言道："与其临渊羡鱼，不如退而结网。"播种机会就像蜘蛛布下密密麻麻的蛛网一样，捕捉到飞来的猎物将指日可待。

6. 莫将一片广长舌，博取封侯
——说大话不如有真才实学

◎ **出处**

吴泳《上西平·送陈舍人》

◎ **原文**

跨征鞍，横战槊，上襄州。便匹马、蹴踏高秋。芙蓉未折，笛声吹起塞云愁。男儿若欲树功名，须向前头。

凤雏寒，龙骨朽，蛟渚暗，鹿门幽。阅人物、渺渺如沤。棋头已动，也须高著局心筹。莫将一片广长舌，博取封侯。

◎ **译文**

跨上战马，横持着长矛，赴襄州上任。正值秋天，驰骋战场。荷花没有衰败，笛声吹动边界的愁绪。希望你奋发向上，努力树立功名。

襄阳的著名人物凤雏、卧龙早已作古，尸骨已朽；蛟渚、鹿门等遗迹也已色彩暗淡，不似当年了，历史名人像水泡一样地消逝了。树立功名，就像在棋局中筹划高招一样。不要凭着一条长舌，去博取官爵厚禄。

◎ **赏析**

此词作于宋宁宗嘉定十四年（公元1221年），当时宋金之间战事不断，川陕和弗襄一带局势紧张，祸患频繁。此时陈赅继赵方为京湖安抚使，即将赶赴襄阳任所，于是词人赋此阕相赠，对友人进行慰勉和鼓励。

在这首送友人上任的词作里，吴泳勉励友人努力向前，杀敌报国，建功立业，还语重心长地说："莫将一片广长舌，博取封侯"，谆谆叮嘱友人，不要巧言利舌，靠说大话登上高位。言过其实，说浮夸虚假的话，可能一时投机获得功名，却会让人瞧不起，而且不会长久。有真才实学，脚踏实地，凭借聪明才智和高明的招数去对付敌人、建功立业，才是最好的选择。

说大话不如有真才实学。真才实学是走向成功的敲门砖，仅仅凭借空谈理论，是难以适应社会发展的。

高尔基曾说："社会是一所最好的大学。"社会这所大学很务实，能给你实用的知识和鲜活的资料。爱上这所学校吧，它教给你的东西将使你一生受用。

渴求知识是一种积极的心态，很多人在没有条件读书时会说："这就是命。"而有些人在年少时虽然条件艰苦，却更加发奋学习，最后成为人们眼里的成功者、强者，这样的例子不胜枚举。这些成功都来自于他们吸取的社会知识的营养。

在生活实践里学到的东西远比在课本里学到的东西丰富，主要看你是否真的对学习有强烈的欲望，如果没有，即使你在书的海洋中畅游，学到的东西也很肤浅。

学习的机会是无所不在的，各种环境中都可以学习。学校教育只是一种提供学习机会的方式，学习场所更不是只有学校。在家庭、邻里、社区、社团、企业等各种各样的环境中，都能获得终身学习的机会。

在实践中和现实生活里都有学之不尽的东西，我们应该抱着积极的态度，学习知识、增长才能，并从生活里汲取知识的精华充实自己，从而走向成功。

有这样两个人，他们曾是高中同学，高考成绩不相上下，同时考入了华北某大学，但就在收到录取通知书的同时，其中那位名叫阿春的同学的母亲突发疾病，入院急救，虽然因抢救及时无生命危险，但是从此成了植物人。这无疑使那个经济本不宽裕的家庭雪上加霜，望着愁眉不展的老父亲和躺在病床上的老母亲，阿春决定放弃学业，帮老父亲维持这个家的生计。后来为了偿还给母亲治病欠的债，他决定去打工。

在建筑工地上，阿春起初是个苦工，由于有些文化底子，经理想让阿春到后勤去搞搞预算什么的，但后勤是固定工资，收入稳定但不高，阿春就请经理给安排赚钱多点儿的一线岗位。在工作期间，阿春边干边学，很勤快，对任何不懂的东西都向有关的师傅请教。由于在实践中虚心学习，阿春在一年多的时间里掌握了建筑工程必备的几种主要技术，但这只是实际操作知识。阿春又利用有限的休息时间，购置了一些关于建筑设计、识图、框架结构等的书籍资料，在蚊子叮、灯光暗的工棚里学习。

有一次，阿春与那位上了大学的高中同学通信，那位同学就在信里给他描述大学生活是如何的丰富多彩。阿春写信说自己打工的条件很艰苦，以后都没有机会上大学了，劝他的同学要珍惜优越的学习机会和条件。这位同学回信说在大学里学习一点儿都不紧张，学得只要别太差，一样会拿到毕业证。

第二年，阿春基本掌握了建筑学的各种操作技术和原理，从技术员被提升为副经理。由于阿春好学肯干，以及有着扎实的功底，公司试着给他一些小项目让他负责施工。由于措施得当和管理到位，阿春的每个项目都出色地完成了，在这期间，阿春仍没放弃学习，自修了和建筑有关的学科，准备参加自考，提升自我。

第三年，公司成立分公司，在竞选经理时，阿春以优秀的成绩竞选成功，准备在这个行业中一展宏图。

同年六月，那位上了大学的同学毕业了，由于平时学习不太刻苦，有几科考试很不理想，勉强拿到毕业证，因此他在参加很多用人单位招聘时都落选，只有一家小公司看中他，决定试用半年。由于刚毕业且在实习期，工资待遇不高，工作条件也不理想，这位同学很恼火。最后由于他在工作中态度不端正，公司决定不予录用，这位大学生失业了。

此时的阿春已是拥有近千人的工程公司的经理，仍在网上进修和业务相关的课程。同学找到阿春，说自己想给他做助手。

阿春说："来干可以，我这里同样也只问效益和贡献，没有朋友和照顾，要拿得出真才实学。有本事到哪儿都会得到认可，光靠朋友和照顾，那是对你以及对公司不负责任，是靠不住的。"

有人认为现在是"知本时代"，知识就是资本。知识经济时代，就需要我们改变观念，只有掌握真正的知识，才能创造财富、走向成功。如果你学不到真正的知识，就等于失去了在社会中的生存和竞争能力。

天资的强弱并不能决定能力的高低和成功与否。学习中，资质平庸的人，只要用心专一，假以时日，也能有所成就。相反，天资聪颖的人如果心浮气躁，用心不专，就会辜负上天的厚爱，一事无成。

实践出真知。知识并不是都要从书本中得到，在现实生活中，只要你肯潜心俯首求知，你就终将会得到真正的知识，受益一生。

7. 自古英雄之楚、又之秦

——始终不放弃希望

◎ 出处

黄机《虞美人·十年不作湖湘客》

◎ 原文

十年不作湖湘客。亭堠催行色。浅山荒草记当时。筱竹篱边羸马、向人嘶。

书生万字平戎策。苦泪风前滴。莫辞衫袖障征尘。自古英雄之楚、又之秦。

◎ 译文

十多年未来过湖湘了。风尘仆仆，行色匆匆，经过了一站又一站的亭堠，如今又到此地。眼前景象比当时更加凄凉，只见衰草浅山，荒芜耕田，还有细竹篱笆边嘶鸣的瘦马。

尽管自己满腹平戎之策，却壮志难酬，悲愤难平，悲苦的眼泪啊，只有和着风向天抛洒！不断用衣袖遮挡扬起的尘埃。历史上的英雄圣贤，不都是先受挫折而后施展抱负的吗？哪个贤人志士不经历一番奔楚赴秦、困顿受挫的历程啊！

◎ 赏析

黄机是一位关心国家兴亡、怀揣匡国济时大志的热血男儿，曾长期怀着"万字平戎策"，颠沛流离，奔走呼号于大江南北，希望得到当权者的重用，虽屡受挫折，却始终没有放弃自己的执着追求。这种壮志难酬的遭遇和愤懑，使他的词苍凉悲壮，慷慨激昂。他在《木兰花慢·次岳总干韵》中所写的"长年为客，楚尾吴头"，和本词中的"之楚、又之秦"，都是词人长期奔波的真实写照。

"书生万字平戎策。苦泪风前滴。莫辞衫袖障征尘。自古英雄之楚、又之秦。"表现出词人虽胸怀凌云壮志，满腹平戎之策，却无从施展，壮志难酬，心情怅惘。但是厄于困境中的词人仍不甘心、不绝望，依旧满怀信心地奔走呼号，相信终会有知遇之时。"自古英雄之楚、又之秦。"结语言简意深，表现出词人以一腔衷肠热血执着追求理想的决心和意志。

"前途是光明的，道路是曲折的。"这是家喻户晓的一句话。事实的确如此，不经历风雨，哪能见彩虹。前行的路必然不会一直平坦，但只要方向正确，只要还有毅力，还能坚持下去，就要继续前进，唯有这样才能创造属于自己的奇迹！

在困难面前，一定要坚守内心的信念，永远不轻易说放弃。只要坚持，就必定会有所收获。放弃必然导致失败，而不放弃总会找到解决的办法。

你听过海耶士·钟士的事迹吗？他是1960年田径运动领域的风云人物，他曾赢得一场又一场的比赛，打破了许多纪录，轰动一时。钟士顺理成章地被选为当年罗马奥运会的选手，参加男子110米栏比赛，全世界都认为他能赢得金牌。

出乎意料的是，钟士并没有得到奥运会金牌，只跑了第三名，这对他来说是个极大的挫折。他的第一个想法是："怎么办呢？或许我该放弃比赛。"奥运会还要再等四年，而且他已经赢得过其他比赛的跨栏冠军，何必再忍受四年更艰苦的训练呢？看起来唯一合理的出路只有退出比赛。

退出比赛虽然合乎逻辑，但是钟士却不安于这种想法。他说"对自己一生追求的东西，你不能够事事讲求逻辑。"因此他又开始了训练。在之后的几年里，他屡次创造跨栏项目的新纪录。

1964年，在纽约麦迪逊广场花园，钟士参加了男子60米栏比赛。赛前他曾经宣布这是他最后一次参加室内比赛。大家都很紧张，每个人的眼睛都看着他。他赢了，平了自己以前所创的最高纪录！钟士跑完，走回跑道上，低头站了一会儿，答谢观众的欢呼。然后1.7万名观众不约而同地起立向他致敬。钟士感动得泪流满面，很多观众也流下了眼泪。一个曾经失败的人仍然继续坚持，决不放弃，人们都欣赏他这一点。

后来钟士参加了1964年东京奥运会，在男子110米栏比赛中跑出13.67秒的好成绩，得了第一名，终于赢得了金牌。

生活中，每个人都会面临失败的考验，考验他们的意志、他们的心态。不必否认，成功者曾经也经历过失败，但他们之所以能够成功，就在于他们失败了以后没有为失败而哭泣，没有消极厌世，而是从失败中总结教训，然后勇敢地站起来，抚平伤痕继续前行……

相反地，许多人在失败之后，并没有积极地从失败中总结教训，而是从此一蹶不振，始终生活在失败的阴影里不能自拔，为失败痛苦流泪。他们也在总结，但他们的总结只限于曾经的失败，悔恨当初自己的所作所为，用"假如当初我不那么做就好了"这样的借口，为自己的过错开脱。

成功的人，不一定是智商很高的人，关键在于他们犯了错误之后能认识到自己的错误，并积极地站起来，去追求自己的目标。成功与失败的距离并不遥远，往往只有一纸之隔。如果你能正确地认识到自己的不足，并加以改正，那么最后的胜利非你莫属。

8. 自是休文，多情多感，不干风月

——心态的力量不可低估

◎ 出处

蔡伸《柳梢青·数声鹈鴂》

◎ 原文

数声鹈鴂，可怜又是，春归时节。满院东风，海棠铺绣，梨花飘雪。丁香露泣残枝，算未比、愁肠寸结。自是休文，多情多感，不干风月。

◎ 译文

耳边传来几声杜鹃鸟的鸣叫声，令人怜惜啊，又是春将归去的时候了。东风布满庭园，吹落海棠如锦绣铺地，吹散梨花如白雪飘飘。

丁香花的残枝上滴着露水，仿佛是在哭泣一般，但也比不上我这般愁肠百结啊。我就好像沈约一般多愁善感，但这和眼前景色却毫无无关系。

◎ 赏析

该词是一首伤春词，从词面上看，词人是感伤暮春将去，而其寓意则是哀叹自己年近衰老却仍未得大用。全词用语清丽，把暮春之景写得很动人。直至词的最后，词人才点透自己如同南朝沈约，日渐消瘦的原因在于仕途蹭蹬，而与风月无干。词人之所以强调自己的哀愁"不干风月"，一方面是为了区别于传统伤春词大多写男女欢情的俗套，另一方面是为了表明自己胸怀大志，不为莺莺燕燕所牵绊的大丈夫气概，尽管自己未能位居宰辅，但毕生的追求却并没有因此而改变。

心态的力量是不可低估的，人的喜怒哀乐可能会影响其对一件事物

的看法。当心情像词人蔡伸这样糟透了的时候，眼里的一切景物似乎都忧伤憔悴。反之，当人们处于良好的心境时，可能就会觉得山美水美、天高海阔，就会以微笑的面容和充沛的精神面对工作、迎接挑战。

生活在同样一个世界上，有的人过得幸福、快乐，有的人却一直生活在苦恼和困顿之中。这是为什么呢？

其实，人与人之间原本没多大区别，只是由于各自心态不同，可能就会出现截然不同的结局。

有一户人家的菜园里有一颗大石头，到菜园的人一不小心就会碰到那颗大石头，不是跌倒就是擦伤。

儿子问："爸爸，为什么不把那块讨厌的石头挖走？"

爸爸回答道："那块石头从你爷爷那个时候就放在那里了，它那么大，不知道要挖到什么时候才能挖出来，费力气挖石头还不如走路小心一点。"

几年过去了，当年的儿子娶了妻子，当了爸爸，那块大石头还在那里。

有一天，妻子气愤地对丈夫说："菜园里那块大石头把我绊倒过好几次，我们改天请人搬走吧。"

丈夫说："算了吧。那块大石头很重的，要是那么容易搬走的话，我和爸爸早就搬走了，还会等到现在？"

在一旁的老父亲也跟着说："是啊！要是好搬，当年我和我爸爸就把它搬走了。"

妻子心里非常不是滋味，那块大石头不知道让她跌倒了多少次。她决定自己试一试。一天早上，妻子带着锄头和一桶水来到园子里。她将整桶水倒在大石头四周，十几分钟以后再用锄头把大石头四周的泥土搅松。

妻子原以为至少要挖一天，可不一会儿，石头就被挖出来了，看上去这块石头也没有想象中的那么大，只是不少人当初被它那露在外面的看似巨大的外表蒙骗了。

你觉得石头大、石头重，便失去了搬动它的信心，更不会有搬它的行动。蒙骗人的不只是事物的外表，还有你消极的心态。要改变你的人生，首先必须改变你的心态。如果你的人生沉闷而无望，那是因为你自己沉闷无望。

其实，在我们的周围有很多这样的人，他们说："公司从成立开始就是这样，如果还能改进，那些老板、董事、经理早就改进了，还用得上我吗？"或者说："天那么高，哪能上去啊，想都别想了，还是老实待在地上吧！"如果大家都这样想，恐怕世界上就不会有知名的企业，因为没有人敢改革，敢创新；世界上也不会有技艺精湛的厨师、技工、演员、作家，不会有杰出的天文学家，不会有飞机、火车、轮船的发明，因为一切都很困难，困难得让人望而却步。

另外，我们经常会听到有人抱怨，说上天对自己多么不公平，没能给自己提供一个良好的环境，从而导致自己碌碌无为。可实际上，人生的结局真的是由外界环境造成的吗？

当然不是。正如世界潜能激励大师安东尼·罗宾所说："影响我们人生的绝不是环境，也不是遭遇，而是我们持什么样的心态。"

一个人能否成功，一定程度上要看他的心态。成功者与失败者之间的差别在于：成功者始终用最积极的心态支配自己的人生；失败者则恰好相反，他们总是喜欢用消极的心态去看待和思考问题。

拿破仑·希尔曾说过："播下一种心态，收获一种思想；播下一种思想，收获一种行为；播下一种行为，收获一种习惯；播下一种习惯，收获一种性格；播下一种性格，收获一种命运。"

由此可见，改变心态，就可能会改变命运。

朋友们，我们可千万不要因为心态消极而使自己成为一个失败者。让我们从现在开始，无论在什么情况下都保持积极的心态，让整个身心都充满勇气和力量，把挫折与失败当成学习的机会。这样，我们就能早日战胜自我，超越自我，到达成功的彼岸！

第二章

人生唏嘘云亡，好烈烈轰轰做一场——壮怀激烈，奋斗人生

文天祥说："人生唏嘘云亡，好烈烈轰轰做一场。"人的生命如一呼一吸之间的时间一样短促，要轰轰烈烈干出一番事业来。人生的起点我们无法选择，人生的终点我们无从知晓，但是人生的过程却牢牢地掌握在我们自己手中。走什么样的路，成为什么样的人是由我们自己决定的。因此，努力奋斗，有所作为，这样我们才可以说自己没有虚度年华，才有可能在时间的沙滩上留下我们的足迹。

1. 云海茫茫无处归，谁听哀鸣急
——磨难使人成长

◎ **出处**

朱敦儒《卜算子·旅雁向南飞》

◎ **原文**

旅雁向南飞，风雨群初失。饥渴辛勤两翅垂，独下寒汀立。

鸥鹭苦难亲，矰缴忧相逼。云海茫茫无处归，谁听哀鸣急。

◎ **译文**

大雁南飞，风雨中与雁群失散。饥渴辛苦的大雁双翅无力地下垂，只好独宿在冷落凄清的河中小洲。

苦于和沙鸥、白鹭难以亲近，时刻担心被弓箭射杀。云海茫茫归处又在何方？有谁来听鸿雁的声声哀号。

◎ **赏析**

朱敦儒的青少年时代是在北宋末年繁华而和平的环境中度过的，整天过着疏狂放浪、寻欢作乐的日子，蔑视功名权贵。当年朝廷召他进京为官，他毅然拒绝，声称："麋鹿之性，自乐闲旷，爵禄非所愿也"（《宋史》本传）。靖康之变，金人的铁蹄使他流离漂泊，这首《卜算子·旅雁向南飞》就是词人在战乱时代所受苦难的写照。逃难途中他忍受饥渴，举目无亲，颠沛流离，生命时刻受到威胁。战争带来的磨难让他失去了家国，失去了听歌醉酒的安逸生活，他开始意识到生命的渺小脆弱，意识到自己像失群的大雁般孤单无助。他重新认识了这个世界，开始发愤图强，告别昨日的轻浮和浅薄，立志救亡图存。他接受了朝廷的再度征召，用实际行动来拯救家园。磨难既带给了朱敦儒痛苦，也让他在痛苦中蜕变并走向成熟。

每个人在追求梦想时都非常艰难，但在面对挫折与磨难时，我们只有坚持下去，才能有所突破。

罗纳德·里根被认为是美国历史上最伟大的总统之一，他年轻时有一段难忘的经历，教会了他如何面对挫折。

"最好的总会到来。"每当他失意时，他母亲就这样说，"如果你坚持下去，总有一天你会交上好运。并且你会认识到，要是没有从前的失望，好运是不会发生的。"

母亲是对的，1932年从大学毕业后，里根相信了这点。他当时决定先在电台找份工作，然后再努力成为一名体育播音员。于是他搭便车去了芝加哥，敲开了所有电台的门，但都失败了。在一个播音室里，一位女士很和气地告诉他，大电台是不会冒险雇用一名毫无经验的新手的。

"再去试试，找家小电台，那里可能会有机会。"她说。于是里根又搭便车回到了伊利诺伊州的迪克逊市。虽然迪克逊市没有电台，但他父亲说，蒙哥马利·沃德开了一家商店，需要一名当地的运动员帮忙经营他的体育专柜。由于里根少年时期在迪克逊中学打过橄榄球，于是他申请了这个岗位，虽然这份工作听起来正合适他，但最后他没能如愿。

里根感到十分失望和沮丧。"最好的总会到来。"母亲提醒他说。于是，他决定去艾奥瓦州达文波特的一家电台碰碰运气。节目部主任人很不错，叫彼特·麦克阿瑟，他告诉里根他们已经雇用了一名播音员。当里根离开办公室时，受挫的心情一下子发作了。里根大声地喊道："要是不能在电台工作，又怎么能当上一名体育播音员呢？"说话的时候,他正在等电梯,突然听到了麦克阿瑟的声音:"你刚才说体育什么来着?你懂橄榄球吗?"接着他让里根站在一架麦克风前,叫他凭想象播一场比赛。里根马上回忆起去年秋天时的一场比赛,他所在的那个队在最后20秒时以一个65米的猛冲击败了对方。在那场比赛中,他打了15分钟。他试着解说了那场比赛。之后,麦克阿瑟告诉他,他可以试播星期六的一场比赛。

里根在回家的路上,就像自那以后的许多次一样,想到了母亲的话:"如果你坚持下去,总有一天你会交上好运。并且你会认识到,要是没有从前的失望,好运是不会发生的。"

在人生旅途中,不慎跌倒并不代表永远的失败,唯有跌倒后失去了奋斗的勇气并停滞不前,才是永远的失败。我们若以平常心观之,失败本身不足为奇。一个人若没有经历过失败,他就难以尝到人生的辛酸和苦涩,难以认识到生命的底蕴,也就无法取得成功。

司马迁生活在西汉王朝的鼎盛时期,其父亲是一名记载文史的史官。

在司马迁小的时候,父亲就给他灌输成大事的思想,说:"每五百年就会出现一部伟大的作品,现在距离孔子作《春秋》已经有五百年了,又该出现伟大的人物和作品了。"司马迁牢记着父亲的话,也正是这句话让他立下了成为伟大人物的雄心壮志。

汉武帝大力兴修水利、发展农业,养兵征战、开拓疆域,使华夏版图空前辽阔。这些都成了司马迁写就《史记》的历史背景。

为了写这部鸿篇巨制,司马迁实地巡访祖国的名山大川,考察古代流传下来的趣闻逸事,了解和搜集各种历史资料,历经数年,行程几万里,为写作《史记》搜集了大量的材料。公元前108年,司马迁被正式任命为太史令,开始了《史记》的编撰工作。

公元前98年，名将李广的后人李陵随主将李广利率兵攻打匈奴，陷入重围，兵败投降。朝臣们讳言主将李广利的无能，将败北责任都推到李陵身上，而司马迁这时候却为李陵辩护。他认为李陵是名将李广之后，绝对不会无缘无故投降的。因为这件事，司马迁落了个"诬罔主上"的死罪。按汉律规定，交五十万钱或受宫刑可以免除死罪，司马迁家贫，交不出钱赎罪，但为了实现编写《史记》的雄心，只好蒙受宫刑的奇耻大辱。

两年后，司马迁遇大赦出狱。他被汉武帝任命为中书令，在皇帝身边掌管文书机要，继续《史记》的撰写工作。

受刑后的司马迁，遭受着世人的百般诽谤和耻笑，终日神情恍惚，苦不堪言。纵然如此，他仍是笔耕不辍，历经十几个春秋，完成了融史学、文学于一体的中国第一部纪传体通史——《史记》，厘清了中国从远古到汉武帝时期的历史，实现了自己的鸿鹄之志。

在司马迁生活的时代，受宫刑足以击垮一个人的意志。因为受过宫刑，他备受世人的嘲笑与欺凌，几乎崩溃，但是为了撰写《史记》，他必须活下去。完成这部精妙绝伦、彪炳千古的鸿篇巨制，需要有非凡的毅力，司马迁历经身心煎熬，终于造就前无古人的事业。

在现实生活中，能经受住像司马迁一样苦难的人并不多，遭遇小小的困难便一蹶不振的事例屡见不鲜，这的确值得人深思。

自古英雄多磨难。一个普通人成为一个领域的英雄或者成为一个时代的英雄，往往是挫折和磨难使然。因为英雄和普通人的区别就在于，英雄在逆境中抓住了机遇，在绝境中创造了奇迹；而普通人在逆境中选择了随波逐流，在绝境中选择了放弃。

每个人都想成就一番辉煌的事业，但成就大事业的过程往往不是一帆风顺的，要经过一番磨炼，才可能豁然开朗，成就不凡人生。

2. 城中桃李愁风雨，春在溪头荠菜花
——选择坚强方能笑傲人生

◎ **出处**

辛弃疾《鹧鸪天·陌上柔桑破嫩芽》

◎ **原文**

陌上柔桑破嫩芽，东邻蚕种已生些。平冈细草鸣黄犊，斜日寒林点暮鸦。

山远近，路横斜，青旗沽酒有人家。城中桃李愁风雨，春在溪头荠菜花。

◎ **译文**

田间小路边桑树柔软的新枝上刚刚绽放出嫩芽，东面邻居家养的蚕种已经孵出了小蚕。平坦的山岗上长满了细草，小黄牛在哞哞地叫，落日斜照春寒时节的树林，树枝间栖息着一只只乌鸦。

青山远远近近，小路纵横交错，飘扬着青布酒旗的那边是一户卖酒的人家。城里的桃花李花害怕风雨的摧残，最明媚的春色，正是那溪边盛开的荠菜花。

◎ **赏析**

选择坚强方能笑傲人生，宋词中不乏对坚强的人生态度的讴歌。辛弃疾在一首《鹧鸪天》词中写道："自从一雨花零落，却爱微风草动摇。"当他发现美丽娇艳的鲜花，风雨过后就零落成泥，小草却不畏风雨，不会被风雨摧折时，他就爱上了坚强的小草。在另一首《鹧鸪天》词中，辛弃疾以"要知烂漫开时节，直待西风一夜霜"盛赞菊花凌霜怒

放、不畏严寒的坚强风姿。再有苏轼《望江南》中"百舌无言桃李尽，柘林深处鹁鸪鸣。春色属芜菁"，与辛弃疾这句"城中桃李愁风雨，春在溪头荠菜花"有异曲同工之妙，都表现出对坚强品格的讴歌与赞美。

人在奋斗的过程中吃尽了苦头，最后的笑声才是最甜的，最后的成功才具有决定意义，起初的成就和痛苦都是最终结果的奠基石。选择坚强，它会引领我们走向成功，将我们的人生引向一个更新、更好、更理想的航程。

黄文涛生下来就双目失明。他从小就上盲校，离开父母的怀抱，养成了自己照顾自己的习惯，学会了自立、自信、自尊、自强。1985年黄文涛加入盲校田径队，开始了他的体育生涯。

他主攻短跑和跳远，在训练过程中经历了无法想象的困难和意外。当时使用的是非常落后的助跑器，踏脚板用一根细长的铁钉支着。一次训练中，铁钉斜伸出来，如果是我们正常人，很容易就能发现并避免受伤，但他却什么也看不见。一脚踏上去，钻心的疼痛使他一下子昏了过去。后来才知道，铁钉穿过了鞋底和他的脚掌，又从鞋面扎了出来。为了训练，黄文涛付出了许多常人无法想象的努力。他看不清教练员的示范动作，只能凭感觉一步步分解、揣摩，一遍遍练习。

1992年，黄文涛参加了巴塞罗那残奥会三级跳远项目。沉着冷静的黄文涛超水平发挥，打败西班牙的胡安，赢得了冠军。当他站在领奖台上，聆听庄严的国歌奏响的时候，心中充满了自豪感。

如果黄文涛对自己悲观失望，如果踩到钉子后就向命运认输，放弃追求，如果……在挫折、失败面前一旦意志涣散，人就会很快并一直沉沦下去，命运就会把你踩在脚下。只要摔倒了再爬起，失败了再坚持，不停地努力，困难也会怕你的。

生活中，每个人都会经历失败的考验，考验他们的意志和心态。不可否认的是成功者也经历过失败，但他们之所以最终取得成功，就在于他们失败了以后既不自怨自艾，也不消极厌世，而是从失败中总结经验，然后勇敢地站起来，继续前行。

1864年9月3日这天，寂静的斯德哥尔摩市郊突然爆发出一阵震耳欲聋的巨响，滚滚的浓烟霎时间冲上天空，一股股火花直往上蹿。仅仅几分钟时间，一场惨祸发生了。当惊恐的人们赶到出事现场时，只见原来屹立在这里的一座工厂已荡然无存，无情的大火吞没了一切。火场旁边，站着一位30多岁的年轻人，突如其来的惨祸和过度的刺激，使他面无人色，浑身不住地颤抖着……这个大难不死的青年，就是后来闻名于世的阿尔弗雷德·诺贝尔。

诺贝尔眼睁睁地看着自己建造的实验工厂化为灰烬。人们从瓦砾中找出了5具尸体，其中一个是他正在读大学的活泼开朗的弟弟，另外4个人是和他朝夕相处的亲密助手。诺贝尔的母亲得知小儿子惨死的噩耗，悲痛欲绝。年老的父亲因受刺激引起脑出血，从此半身瘫痪。然而，诺贝尔在失败和巨大的痛苦面前却没有动摇。

惨案发生后，警察当局立即封锁了现场，并严禁诺贝尔重建工厂。人们像躲避瘟神一样避开他，再也没有人愿意出租土地让他进行如此危险的实验。但困境并没有使诺贝尔退缩，几天以后，人们发现在远离市区的马拉仑湖上出现了一只巨大的平底驳船，驳船上并没有装什么货物，而是摆满了各种设备，一个青年人正全神贯注地进行一项神秘的实验。他就是在大爆炸中死里逃生、被当地居民赶走了的诺贝尔。无畏的勇气往往令死神也望而却步。在令人心惊胆战的实验中，诺贝尔没有连同他的驳船一起葬身鱼腹，而是碰上了意外的机遇——他发明了雷管。

雷管的发明是爆炸学上的一项重大突破，随着当时许多欧洲国家工业化进程的加快，开矿山、修铁路、凿隧道、挖运河都需要炸药。于是，人们又开始接受诺贝尔了。他把实验室从船上搬到了斯德哥尔摩附近的温尔维特，正式建立了第一座硝化甘油工厂。接着，他又在德国的汉堡等地建立了炸药公司。一时间，诺贝尔生产的炸药成了抢手货，世界各地的订单纷至沓来，诺贝尔的财富也与日俱增。

然而，获得成功的诺贝尔并没有摆脱灾难。不幸的消息接连不断地传来：在旧金山，运载炸药的火车因震荡发生爆炸，火车被炸得七零八落；德国一家著名工厂因搬运硝化甘油时发生碰撞而爆炸，整个工厂和附近的民房变成了一片废墟；在巴拿马，一艘满载着硝化甘油的轮船在大西洋的航行途中，因颠簸引起爆炸，整个轮船葬身大海……一连串骇人听闻的消息，再次使人们对诺贝尔深恶痛绝，甚至把他当成瘟神和灾星。诺贝尔又一次被人们抛弃了。面对接踵而至的灾难和困境，诺贝尔没有一蹶不振，毅力和恒心使他对自己的目标坚定不移，永不退缩。在奋斗的路上，他已习惯了与死神朝夕相伴。

炸药的威力曾是那样不可一世，然而，无所畏惧的勇气和矢志不渝的努力使诺贝尔最终征服了炸药，吓退了死神。诺贝尔赢得了巨大的成功，一生共获得355项专利发明。

不经历风雨就不会见到彩虹，任何一个人在走向成功的过程中，都不会一帆风顺、平平坦坦，都会走一些弯路，经历一些坎坷，在一次又一次的跌倒之后才能找到成功的方向。

3. 扶持我去，转得官归，怎时赏你
——学习改变命运

◎ **出处**

曹豳《红窗迥·春闱期近也》

◎ **原文**

春闱期近也，望帝乡迢迢，犹在天际。懊恨这一双脚底。一日厮赶上五六十里。争气。扶持我去，转得官归，怎时赏你。穿对朝靴，安排你在轿儿里。更选个、官样鞋，夜间伴你。

◎ **译文**

考试日期近在眼前，但遥望京城却仍远在天边，每天赶路都要走上五六十里地，一双脚磨得疼痛难忍，实在不能再往前奔波了，不禁对着自己的脚劝慰道：双脚啊，你可要争气，千难万苦也要支撑着我去应考，若我考取个大官回来，我一定会重重地奖赏你，让你穿上一双朝官的皮靴，把你安排在轿子里，还要选一个美丽的人儿，穿着宫中模样的鞋子，在夜间陪伴你，那样的话你就享福了。

◎ **赏析**

学习改变命运，十年寒窗苦读，只待鲤鱼跳龙门那一刻，如果金榜题名，就能改变贫苦的处境，拥有辉煌的人生；学习改变命运，锲而不舍的学习不仅能够开阔视野，打开智慧的大门，更能改变人一生的命运。

西汉时期，有一名丞相叫匡衡，他学识渊博、勤政廉洁。可是他小时候却因家境贫寒而上不起学，为了读书，还发生过一个很有意思的

故事。

小匡衡每天都会到学堂外偷听先生讲课,他的邻居大郎也在这里上课。有一次下课大郎看见小匡衡又来偷听讲课,便扔了一个苹果核到他头上,大家纷纷嘲笑他。而先生看见小匡衡又来听课,竟然主动跟他打招呼。小匡衡很有礼貌地跟先生说自己想学习,并问先生是不是听了课就能学会所有的知识,先生却说这只是一小部分,要想成为一个有用的人就得博览群书。先生见小匡衡那么好学,就告诉他每天都可以拿一本书回去看,看不懂可以来问。

到了晚上,由于小匡衡家里没有蜡烛,无法看书,在一旁的母亲就劝他明天再读。突然,他发现墙壁上有一道小孔,透过小孔有一丝亮光进来,小匡衡就跑过去把书对着亮光看书。后来他觉得光线太细,就拿锤子把那个孔敲大了一点儿,这时隔壁的大郎没有发现。可小匡衡看了一会儿书后还是觉得光线太细,于是又拿起锤子想把孔敲得更大。这次由于声音大,被大郎发现了,以为是小偷,就去告诉了父亲文老爷。

文老爷到小匡衡家责问他,认为他是贼,要把他送去官府。可是当小匡衡将自己借光看书的事告诉了文老爷后,文老爷被他好学的精神感动了,并说以后小匡衡可以和大郎一起到自己家的书房看书。在文老爷的帮助下,匡衡博览群书,后来不但当上了丞相,还成为皇帝的老师。

学习改变命运,每个人都是如此,不学习就不会有进步,就不会成功。

晋平公在古稀之年依然希望多读点儿书,多学点儿知识,总觉得自己的学问太有限了。但是同时他也觉得,自己都这么大的岁数了,还要去学习,肯定会有很大的困难。后来他就去请教一位贤达的臣子。这位臣子说:"我听说,人在少年时代好学,就如同获得了早晨温暖的阳光一样，那太阳越照越亮，时间也越长。人在壮年的时候好学，就好比中午明亮的太阳一样，虽然中午的太阳已经走了一半，可它的力量最强大，时间也最长。人到老年的时候好学，虽已迟暮，没有了阳光，但是还有蜡烛啊，蜡烛的光亮虽然不如阳光，可是只要有烛光，总比在黑暗中摸索要好很多吧。"晋平公听了恍然大悟，然后信心十足地去读书了。可见，学习是终身的，应该永不止息地去学习。

俗话说："活到老，学到老。"对于我们现代人来说，更不能停止学习，一个人一旦停止了学习，他就会成为社会的落伍者，就无法在快速发展的社会里找到自己的位置。

斯托·卫尔原来想做一个工程师，并且一直在学习这方面的专业知识武装自己。但是在经济萧条时期，他找不到与工程相关的工作，也就是说，他所学的专业知识没有用武之地，他无法实现原来的梦想。

于是他重新估量了自己的能力，决定改行学习法律。他又一次回到了学校，去学将来可以当律师的专业课程。很快他就学完了必修课程，开通过了法律考试，成为一名律师。

斯托·卫尔回学校上课的时候，已经年逾不惑，并已成家立业，但他没有回避困难，而是仔细挑选了法律专业实力最强的多所院校去选修高度专业化的课程，一般法学系学生需要四年才能上完的课程，他只花了两年就读完了。

很多人会找借口说："我已经太老了，学不懂了。"或者说："我有一大家子人等着我去养活，哪有时间去学习？"这些实际上都是借口罢了。其实这是一种得过且过、贪图享受、安于现状、不思进取的心理在作怪，是在给自己不学习找一个体面的借口。

人的一生就是学习的一生。学习一生，你就会收获一生；学习一生，你就会有成功的一生。

4. 使李将军，遇高皇帝，万户侯何足道哉
——成功离不开机遇

◎ 出处

刘克庄《沁园春·梦孚若》

◎ 原文

何处相逢，登宝钗楼，访铜雀台。唤厨人斫就，东溟鲸脍，圉人呈罢，西极龙媒。天下英雄，使君与操，余子谁堪共酒杯。车千乘，载燕南赵北，剑客奇才。

饮酣画鼓如雷。谁信被晨鸡轻唤回。叹年光过尽，功名未立，书生老去，机会方来。使李将军，遇高皇帝，万户侯何足道哉。披衣起，但凄凉感旧，慷慨生哀。

◎ 译文

我们在何处相逢？一同游览咸阳的宝钗楼，登曹操所建的铜雀台。把厨师唤出来，让他把东海鲸鱼切成细片；把马夫叫出来，让他牵来西域的宝马。天下的英雄，除了你我二人，还有谁配与我们饮酒抒情。准备千辆马车，网罗大江南北的侠士奇才！

畅饮之后，酣然大醉，耳边响起了如雷的画鼓声。谁料想，美梦被雄鸡的轻啼声惊醒。感慨自己的一生就要过去，却未曾建立功名。

难道非要等到书生老后，建功立业的时机才会到来。如果威名赫赫的李广将军，可以遇到珍惜人才的高祖皇帝刘邦，区区一个万户侯又算什么！披上衣服起床，只觉得凄凉孤寂，于是更加怀念亡友，在感慨中心生哀伤。

◎ 赏析

刘克庄一生仕途坎坷，先后四次在朝中为官，又四度被罢黜，长期赋闲乡居，对怀才不遇的悲惨命运深感不平，这首《沁园春·梦孚若》就是他对命运的控诉。在词里，他虽然描写了与友人方孚若游览名胜古迹，吃东海的鲸鱼片，骑西方的天马，与天南海北的豪杰奇才交游的潇洒豪情，简直如曹操、刘备般意气飞扬，但这只是他的一个梦而已，当雄鸡报晓、美梦惊醒之后，他又不得不哀叹壮志未酬，怀才不遇。"使李将军，遇高皇帝，万户侯何足道哉。"词人对自己的才能充满了自信，认为自己缺的就是机遇，没有人给他施展才能的舞台，如果生逢其时，他必定能大展宏图，成就一番伟业。

成功离不开机遇。当机遇降临时，敏锐的头脑就显得更为重要。

王填出生在湖南省一个偏僻的小山村。他家祖祖辈辈都是农民，生活非常艰苦。为了摆脱面朝黄土背朝天的日子，从小就非常懂事的王填努力读书，决心改变自己的人生。

多年后王填不负众望，考上了湘潭市商业学校。当时，读商业学校的学生有许多是有钱人家的孩子。可是王填毫不嫉妒，他反而想：花父母的钱不算本事，靠自己的能力挣钱才算真本事。有一天，王填去商店买课本，听到店老板与顾客为没有热水瓶胆而争执。聪明的王填动脑筋一想，专门卖热水瓶胆可能会很有市场。

王填开始接触热水瓶胆销售行业，两年来他几乎垄断了湘潭市大中专院校的热水瓶胆。

毕业后的王填来到一家食品公司上班，半年后他从一个打杂工变成了采购员，负责公司的食品采购工作，后来又因业务突出，被公司任命为业务科长。

就在事业发展风生水起的时候，王填却主动离职，决定继续做食品零售。他借款5万元成立了自己的公司。当时做食品批发，5万元顶多只能进半车植物油。要想改变这种状况，只能做新产品。选来选去，王填选择做方便面生意。方便面运到湘潭后，销售势头十分好。有一次，王填去湘潭县做市场调查，发现他经销品牌的方便面在湘潭县城寻不到踪影，于是决定改坐销方式为推销。在推销的方式下，不出半年他就建立了800多家的分销终端网络，取得了众多供应商的支持。他公司的名气也越来越大。

有一天，王填发现了一条并不显眼的消息：羊城即将筹办一个中国零售业的高层研讨会，主要探讨中国国营零售业的发展之路。王填通过参加研讨会将连锁超市定为自己公司今后的经营模式，于是他决定在湘潭办超市。

回到湘潭后，王填马上进行市场调研，选择在市中心地带开连锁超市。新店正式开业前的那天晚上，王填没有睡好觉，他一直为生意能否火爆而担忧。令王填高兴的是，开业那天店门还没打开，门外已是人山人海了，挤得水泄不通，看到如此令人振奋的场面，他又一次赢了。

王填创造了湘潭商业的一个奇迹。只用了几年时间，王填就将公司发展成湖南省最大的连锁超市之一，分店遍布全省各地。

有句谚语说得好："幸运之神不会眷顾你两次。"没有人能够一直遇到好机会，一旦得到，就要好好把握，千万不可任由它轻易溜走。

人的一生似乎都在寻寻觅觅，寻找永恒不变的幸福，寻找功盖千秋的成功。为此人们劳苦终日，来去匆匆。也许有的人到了弥留之际，都找不到自己要找的东西，因为要找的东西可能早已擦肩而过了。

抓住机遇的手，你才能获得幸福。处处留心皆机遇，要做生活当中的有心人。机会的出现往往很突然或者很偶然，因此只有留心、用心的人才有可能在机会来临的一瞬间捕捉到它。比如说世界上第一个防火报警警铃就是在一次实验中被偶然发明的。它的发明者杜妥·波尔索当时正在试验一个控制静电的电子仪器，忽然他注意到身边的一个技术员所抽的香烟把仪表弄坏了。开始时，杜妥·波尔索的第一反应是非常懊恼，因为这种情况必须中止实验，重新再装上一个仪表。但他很快就想到，仪表对香烟的反应可能是一个非常有价值的发现。这个一瞬间发生的看似很不起眼的偶然事件，促使杜妥·波尔索发明了第一个防火报警警铃，为消防领域作出了突破性贡献。

其实，世界上有很多的发明创造都来自突发的偶然事件。被称为"杂交水稻之父"的我国农业科学家袁隆平发明杂交水稻也是如此。袁隆平有一次在稻田里，无意中发现了一株天然杂交水稻。由此，他断定之前大多数科学家所认为的水稻不能杂交的观点可能是错误的。于是，通过艰苦的科学研究，他攻克了一个又一个难关，终于成功地培育出杂交水稻，从而一举成为足以改变人类命运的世界级科学家。

面对许多这样的成功事例，你也许会说："我整天都坐在苹果树下，为什么我就没有发明出一个什么定律？"可能你还会说："我一年四季都不停地在稻田里转悠，可我怎么就没有发现一株自然杂交的水稻？"

的确如此，这就是你我这些普通人和牛顿、袁隆平的区别。如果这世界上没有牛顿，我们人类有可能到现在还不知道万有引力定律；如果这世界上没有袁隆平,那么人类也许将永远身陷水稻不能杂交的误区。所幸的是世界上出现了牛顿、袁隆平这样的世界级科学家,为人类拨开了一团又一团的科学迷雾,使我们得以看见前方的光明。

像牛顿、袁隆平这样的成功人士为什么就能捕捉到这些成功的机遇呢?他们与一般人有什么不同呢?

当然,要捕捉到成功的机遇需要一定的知识技能,这是不言而喻的。但除了知识,他们获得成功主要凭的就是那双能够发现机会的慧眼,他们捕捉机遇的法宝就是处处留心,所以机遇之神才会一次又一次地眷顾他们。这也就是牛顿、袁隆平与一般人的区别所在。

处处留心皆机遇,人生的机会可能会以多种方式降临在我们面前。要想捕捉它,你就得养成留心身边事的习惯,时时刻刻全身心地准备去迎接、去拥抱幸运之神。

5. 诗不穷人,人道得诗,胜如得官
——成功的路有很多条

◎ 出处

陈人杰《沁园春·诗不穷人》

◎ 原文

诗不穷人,人道得诗,胜如得官。有山川草木,纵横纸上;虫鱼鸟兽,飞动毫端。水到渠成,风来帆速,廿四中书考不难。惟诗也,是乾坤清气,造物须悭。

金张许史浑闲，未必有功名久后看。算南朝将相，到今几姓；西湖名胜，只说孤山。象笏堆床，蝉冠满座，无此新诗传世间。杜陵老，向年时也自，井冻衣寒。

◎ 译文

诗不会使人穷困，有人说写好诗，胜过获得官职。诗人能将山川草木，活灵活现纵情潇洒展现在纸上；还可以让一切虫鱼鸟兽，飞动在自己的笔端。时机成熟则水到渠成，风吹来船速就会加快，想做大官二十四考并不难。唯独诗是天地间清气所钟，最美好，最宝贵，上天对此想必分外吝惜，不肯轻易赐人。

金、张、许、史四大家族稀松平常，一时显贵未必有功名经得住时间考验。南朝的将相大臣，到如今已不知更换了多少姓氏；而人们谈到西湖的名胜，只提北宋寒士诗人林逋隐居过的孤山。就算高官的象笏堆满一床，头戴蝉冠的权贵满座皆是，但他们不会有新鲜诗句流传世间。诗圣杜甫把一生都奉献给了诗国，当年他也曾贫病交加、穷困潦倒，井冻衣寒、无钱无粮，不能举火烧饭。

◎ 赏析

"人道得诗，胜如得官"，成功有很多种，功名富贵、高官权势终究只能显赫一时，但用真情谱写的文字，即使历尽千载，也永不会磨灭，仍会在后人的感叹声中觅到知音。不少文人都不免经历穷困潦倒，辛苦地追逐功名，追求梦想。他们用文字记录人生的喜怒哀乐，留下人生走过的痕迹；用热情的文字表达欣喜，用黯淡的文字倾诉寂寞，用迷茫的文字吐露忧伤，用犀利的文字抨击丑恶；用或华丽，或朴实，或灵气，或平淡的文字谱写人生的华彩乐章，构筑出一个美丽神奇的文学世界。当上帝把他们想通过的那扇门关上时，又为他们打开了一扇窗户，让他们用文字承载情感、记录心路历程，实现另一种成功。

通往人生目标的路有很多条，当你的一个目标无法实现时，更换另一个更适合你的目标，一样可以获得成功。

1888年，作为银行家的里凡·莫顿先生成为美国副总统候选人，一时声名显赫。1893年夏天，詹姆斯·威尔逊先生到华盛顿拜访里凡·莫顿。在谈话之中，威尔逊偶然问起莫顿是怎样由布商变为银行家的，莫顿说："那完全是因为爱默生的一句话。当时我还在经营布料生意，业务状况比较平稳。但是有一天，我偶然读到爱默生写的一本书，书中写着这样一句话：'如果一个人拥有一种别人所需要的特长，那么无论他在哪里都不会被埋没。'这句话给我留下了深刻的印象，使我改变了原来的目标。"

当时莫顿做生意很守信用，但是与所有商人一样，难免要去银行贷款来周转。看到了爱默生的那句话后，他仔细考虑了一下，觉得当时各行各业中最急需的就是银行业。人们的生活起居、生意买卖，处处都需要金钱；天下又不知有多少人为了金钱，要翻山越岭、吃尽苦头。

于是，他下决心抛开布行，开始创办银行。在稳定可靠的条件下，他尽量多往外放款。一开始，他要去找贷款人，后来，许多人都开始来找他了。由此可见，任何事情只要脚踏实地地去做，都有可能成功。

自古以来，不知有多少人因为一生干着自己不适合的工作而遭遇失败。在这些失败者中，有不少人做事都很认真，似乎能够成功，但最后却一败涂地，这是为什么呢？原因在于，他们没有勇气放弃那耕种已久但荒芜贫瘠的土地，没有勇气再去寻找肥沃多产的田野，所以，只好眼看着自己白白花费了大量的精力，消耗了宝贵的光阴，但仍然一事无成。其实他们早该知道，这完全是由于他们没有找到适合自己的工作，但仍然糊里糊涂，继续过着浑浑噩噩的日子。

当你以足够的精力长期从事一种职业，但仍旧看不到一点儿进步或一点儿成功的希望时，那么你就应该反思一下：从自己的兴趣、目标、能力来看，你究竟是否走错了路？如果走错了路，就应该及时掉头，去寻找更适合自己的、更有希望的职业。

如果你所从事的事业一直没有成功的希望，那就不必再浪费时间了，不要再无谓地消耗自己的生命，而是应该去寻找另一片沃土。

当然，在你重新确定目标、改变航向之前，一定要经过慎重的考虑，尤其不可三心二意，不能既要留着这个又想得到那个。有一位著名的木材商人，他曾经做了几十年的牧师，可是一直不够出色。他考虑再三后，对自己的优点和弱点有了重新的认识，于是立刻改变目标，开始经商。他从此一帆顺风，最终成为当地有名的木材商人，富甲一方。

两颗同样的种子由于落在不同的地方，一颗长成蓬勃茂盛的参天大树，一颗却长得瘦枝细叶、异常矮小。可见，环境对事物、对人的影响力不容轻视。

一个人由于选错了职业而不能充分发挥自己的才干，这实在是件可惜的事情。但是，只要他能够认识到这个问题，就算晚了一些，也仍然有东山再起的希望。只要找到正确的方向，就完全有可能走上成功之路。

6. 业无高卑志当坚，男儿有求安得闲
——人一定要勤奋

◎ **出处**

张耒《示秬秸》

◎ **原文**

城头月落霜如雪，楼头五更声欲绝。捧盘出户歌一声，市楼东西人未行。

北风吹衣射我饼，不忧衣单忧饼冷。业无高卑志当坚，男儿有求安得闲。

◎ **译文**

月亮从城头落下去，早晨的霜厚得像雪一样；更鼓从楼上响起来，声音冷涩得仿佛要断绝。捧着装饼的盘子走出家门，拖着长声叫卖。这时候，街市上从东到西，一个人还没有呢！

寒冷的北风吹来，像箭一样射在饼上。我担心的不是自己衣服穿得少，而是我的饼会冷掉。孩子们啊，人们从事的职业并无高低贵贱，但意志都必须坚强。男子汉要自食其力，哪能做游手好闲的懒汉呢！

◎ **赏析**

结尾这句勉励之辞"业无高卑志当坚，男儿有求安得闲"，给全诗注入一股积极向上的清风。古训曰："勤者可成事，惰者可败事。"一个人要想成就一番事业，一定要守住"勤"字，戒掉"懒"字。

古语云："天道酬勤。"告诫人们只要自强不息、勤勤恳恳，天会予以奖励。这种只酬勤不酬惰的法则，千古不变。

没有一个人的才华是与生俱来的。在成功的道路上，除了勤奋，是没有任何捷径可走的，每个成功者都有着勤劳的习惯。

许多拥有伟大成就的人，一开始是非常平凡的。然而，他们正是通过自己的不断努力，使自己最终成为不平凡的人。

富兰克林能从一个穷困潦倒的小学徒成为美国开国元勋之一，靠的就是他的勤勉。韦尔奇对于勤勉说过这样一段话："勤劳就是财富。谁能珍惜点滴的时间，就像一颗颗种子不断地从大地母亲那儿吸取营养那样，珍分惜秒，点滴积累，谁就能成就大业，铸造辉煌。"

富兰克林在《穷理查德历书》中说："个人的奋发向上和勤劳实干，是取得杰出成就所必需的；任何一种杰出成就都必然与好逸恶劳的懒惰品行无缘。正是辛勤的双手和大脑才使得人们富裕起来——在自我教养、在智慧的成长、在商业的兴旺等方面……事实上，任何事业追求中的优秀成就都只能通过实干才能取得……同样完全正确的是，富裕和闲适对一个要达到最高教养的人来说是毫无必要的东西，而且那些出身于社会底层的人们在任何时候都从未给这个世界增添任何巨大的、沉重的负担。安逸闲适且奢侈浮华的生活状态无法把人锻炼成艰苦奋斗的人，或者是敢于直面艰难的人；也不会促使人们认识朝气蓬勃、精力充沛和努力行动在生活中所焕发出来的巨大力量。"

富兰克林自小就养成了勤奋的习惯。早在孩提时代，他就勤奋读书，甚至把所有零花钱都用在了买书上。富兰克林很喜欢《天路历程》，他一开始收集的就是这本书的单独出版的小册子。后来，他又卖了这些单行本，去买伯顿的有关历史方面的文集。父亲的藏书室里的书，大多数他都阅读过了，当时有一本《名人传》，对富兰克林日后的生活影响很大。他得到这本书后，挤出所有的空余时间，反复地阅读，爱不释手。

能否成就一项事业，人是最根本的因素。你用什么样的态度来对待，就会获得什么样的成就。如果勤劳付出，你得到的回报也必将是丰厚的。所以，从某种意义上讲，"成事在勤"的说法很有道理。

南宋的思想家、教育家朱熹，从小就立志成为孔子那样的人。一天上午，老师有事外出，没有来上课，学徒们高兴极了，纷纷跑到院子里的沙堆上游戏、打闹。不大的院子里，欢声笑语，沸沸扬扬。这时候，老师从外面回来了。他站在门口，望着这群天真活泼的孩子们"造反"的情景，无奈地摇摇头。突然，他发现只有朱熹一个人没有参加孩子们的打闹，他正坐在沙堆旁，用手指聚精会神地画着什么。先生慢慢地走到朱熹身边，发现他正在画学过的《周易》中的八卦图呢！从此，先生便对他另眼相看了。

朱熹从小勤奋好学。十岁的时候，他已经能够读懂《大学》《中庸》《论语》《孟子》等儒家典籍了。孟子曾说："人皆可以为尧舜。"当朱熹读到这句话时，高兴得跳了起来。他满怀雄心地说："是呀，圣人又有什么神秘的呢？只要努力，人人都能够成为圣人啊！"

高高在上的圣人并非可望而不可即。治学之路就如同登山，唯有攀登不辍，才能一步步靠近峰巅。"一览众山小"的圣人们的成功其实也是通过勤奋得来的。

懒惰是人的本性之一，稍不留神就会流露出来。因此，想成就一番事业的人，一定要守住"勤"字，戒掉"懒"字。

第三章

今年花胜去年红，可惜明年花更好——宁静乐观，体验人生

人生就像一扇门，有人悲观于门内的黑暗，有人却乐观于门内的宁静；有人忧愁于门外的风雨，有人却快乐于门外的自由。有些人，有些事，是可遇而不可求的，强求只有痛苦。既然这样，就放宽心态，顺其自然。无论何时何地，都要拥有一颗宁静安然的心，保持乐观豁达的心态。

1. 酿成千顷稻花香,夜夜费、一天风露

——走进自然,放飞心灵

◎ 出处

辛弃疾《鹊桥仙·己酉山行书所见》

◎ 原文

松冈避暑,茅檐避雨,闲去闲来几度?醉扶怪石看飞泉,又却是、前回醒处。

东家娶妇,西家归女,灯火门前笑语。酿成千顷稻花香,夜夜费、一天风露。

◎ 译文

在松岗中躲避寒暑,在茅檐下躲避风雨,如此来来去去的日子不知道有多少次了。停下醉酒摇晃的脚步,手扶嶙峋的怪石,注目眼前飞流直下溅珠跃玉的瀑布,醉眼蒙眬,辨认许久,看啊看啊,原来以前多次酒醒就在这里!

东边有人娶妻,而西边已经出嫁的女儿也回娘家省亲,两家门前都灯火通明,亲友云集,一片欢声笑语。村外田野里柔风轻露漫天飘洒,它们是在酝酿制造着稻香千顷,丰收就在眼前了!感谢风露一夜夜滋润着稻谷。

◎ 赏析

"酿成千顷稻花香,夜夜费、一天风露。"词人以这句结尾写出了农民对于稻谷丰收在望的喜悦之情,并替农民感谢夜里的风露对于稻谷的滋润。字字句句都体现出词人对农民的爱和关心。词人在描写农民的

淳朴生活时，词句情景交融、相互衬托，意境十分优美。

在如今的时代，高速快捷的生活节奏和繁重不堪的竞争压力让人手忙脚乱、疲于奔命。因此，现代社会更需要人们走进自然，放松心灵。

让心灵去旅行吧，找回真实的自我。让自然的空气净化我们的心灵，让自然的柔风细雨洗掉我们心灵的尘埃。出门旅游给我们带来的不只是视觉上的享受、身体上的锻炼，更是一种健康的生活方式。

晓娜在北京一家公司做招标部主任，平时工作很累。有一次，她连续加班几个月，拿下了一个大项目，好不容易盼来了今年的休假，却不知道该怎么过才好。以前节假日要么加班，要么躲在家里睡觉、看电视。晓娜心想平时加班加点工作已经够忙了，放假了还不赶紧休息？几个朋友却劝说她一起出去走走，晓娜想了想同意了，背着包和她们一起去了云南徒步旅游。

在云南的日子里，晓娜感觉走过的地方有太多震撼人心之处。初见玉龙雪山的惊喜，在泸沽湖见过的美丽星空，丽江古城的醉人美景，虎跳峡的惊心动魄，滇藏之路的险象环生，梅里雪山的秀美雄伟，冬日澜沧江的翠绿，和顺侨乡的祥和，九龙瀑的壮观，罗平田园风光的清新迷人，元阳梯田的惊艳壮美，抚仙湖的宁静清爽……风景的美丽，大自然带给人的感触，难以用言语来描绘。

最令人难以忘怀的，是沿途遇上的人和事。在德钦让晓娜她们搭便车的善良的藏族司机，泸沽湖畔衣着单薄的失学儿童，外表和内心一样美丽的傣族姑娘，西双版纳那些无私帮助她们的陌生人，让久居城市的晓娜感到无比温暖。晓娜感慨，这次的旅游经历让自己的生命更加完整了，这才是健康的生活方式。

走进自然，放飞心灵，学会放松，学会调适。这既是快乐生活的法宝，也是让生命充满弹性和活力的重要法则。

阿敏热爱旅游。她总是说，旅游就是给心灵放风筝。感觉累了，就和朋友出去旅游，每到一个景点，拍几张照片，把瞬间的美景连带大家的欢声笑语收入记忆的仓库。过些日子心灵疲倦时，再翻阅之前的照片，觉得生活又变得有滋有味了。

最近的九寨沟之行就是一次心灵的放飞。九寨沟的风景太迷人了，似乎总有一首无言的歌在心头激荡，阿敏真想拥抱这片神奇的土地。九寨沟那著名的"海子"，如人间琼池一般，澄澈如玉，令人为之陶醉，为之忘情。

受到美丽的大自然的感染，人的心情也如山般葱茏、流水般清澈。从九寨沟回来后，那种美好的心情久久没有消退，阿敏的心灵似乎仍被一座座山拥抱着，被千万个"海子"抚慰着。虽然天气闷热，但阿敏的心里却一片清凉，有郁郁葱葱的树林，有潺潺流水，有鸟儿在歌唱，罕有的惬意让长久以来喧腾的心灵也有了安顿。

旅游的日子里，阿敏不带相机、关掉手机，只为避开尘世的纷扰，洗涤心灵，除掉对功名利禄的烦忧，任思绪信马由缰，去追寻古人的足迹，与他们进行一次心灵的对话。向庄子借一只大鹏，翱翔于天际；向陆游借一叶扁舟，飘然烟雨中。此中快意，实不足为外人道也。

旅游的日子里，不用看电视，不用想要不要买份当天的报纸来看，也没兴趣知道娱乐圈有什么新的绯闻，不担心老板的电话把自己从睡梦中惊醒。回来后，才知道原来在这短短的两个多月里，身旁发生了太大的变化：银行降息了，油价升了又跌，男朋友考博成功、如愿以偿……

阿敏淡然一笑。生活，是那么美好。

走进自然，可以放松心灵。一味在世俗冗务中忙碌，在钢筋水泥中穿行，无法呼吸到大自然的新鲜空气，心灵就会变得麻木迟钝，心情也会日益烦闷、浮躁空虚。投入自然的怀抱，远离人世的喧嚣，享受自然与心灵的交融，在山川明月、奇峰瀑布、野花清泉、云霞雾霭等明净清丽、淡雅悠然的美景中，身心与自然融为一体，一切烦恼和杂念都无影无踪，空虚与疲惫也一扫而空，紧绷的心弦获得放松，浮躁的心灵也变得宁静平和。让心灵回归自然，以自然为歇脚的港湾，把自然当作心灵的归宿，就会浑身散发活力，充满干劲。所以不妨经常走进自然，接触自然，让身心充分放松，让心灵展翅高飞。

2. 此心安处是吾乡
——保持一颗平常心

◎ 出处

苏轼《定风波·南海归赠王定国侍人寓娘》

◎ 原文

常羡人间琢玉郎，天应乞与点酥娘。尽道清歌传皓齿，风起，雪飞炎海变清凉。

万里归来颜愈少，微笑，笑时犹带岭梅香。试问岭南应不好，却道：此心安处是吾乡。

◎ 译文

常常羡慕这世间如玉雕琢般丰神俊朗的男子，就连上天也怜惜他，赠予他柔美聪慧的佳人与之相伴。人人称道那女子歌声轻妙，笑容柔美,风起时,那歌声如雪片飞过炎热的夏日,使世界变得清凉。

你从遥远的地方归来却看起来更加年轻了,笑容依旧,笑颜里好像还带着岭南梅花的清香。我问你:"岭南的风土应该不是很好吧?"你却坦然答道:"让心安定的地方,便是我的故乡。"

◎ 赏析

这首词以明快流畅的语言,简练而又传神地刻画了歌女柔奴表里如一的美丽,并通过歌颂柔奴身处逆境而安之若素的可贵品格,抒发了词人在政治逆境中随遇而安的旷达襟怀。

一提到随遇而安,人们就觉得是得过且过、苟且偷生,是逆来顺受、不思进取,其实随遇而安指的是不论处于何种境地都能有一颗平常心,悠然自得,安之若素,保持心态的平和与安然。

在人生的旅途中,一个人如果把自己所遇到的每件事都背在肩上,负重前行,就会感到非常的累,保不齐哪天会因身负如此沉重的东西而停止不前或倒地不起。在车站里,我们看到走得最累的是那些背着大包小包的人。这就告诉我们一个道理:携带的东西越少,就越洒脱;一个人越是淡泊,精神就越自由。

一个青年背着个大包千里迢迢跑来找无际大师,他说:"大师,我是那样的孤独、痛苦和寂寞,长期的跋涉使我疲倦到极点;我的鞋子破了,荆棘割破双脚;手也受伤了,流血不止;嗓子因为长久的呼喊而喑哑……为什么我还是找不到心中的阳光?"

大师问:"你的大包里装的是什么?"青年说:"它对我可重要了。里面装的是我每一次跌倒时的痛苦,每一次受伤后的哭泣,每一次孤寂时的烦恼……靠着它,我才能走到您这儿来。"

于是,无际大师带青年来到河边,他们坐船过了河。上岸后,大师说:"你扛着船赶路吧!""什么,扛着船赶路?"青年很惊讶,"船那么沉,我扛得动吗?""是的,孩子,你扛不动它。"大师微微一笑,说:"过河时,船是有用的。但过了河,我们就要放下船赶路,否则,它就会变成我们的包袱。痛苦、孤独、寂寞、灾难、眼泪,这些对人生都是有用的,它们能使生命得到升华,但须臾不忘,就成了人生的包袱。放下它吧!孩子,生命之路不能负重前行。"

青年放下包袱,继续赶路,他发觉自己的步子变得轻松而愉悦。

原来,生命是可以不必如此沉重的。放弃,是一种智慧,学会适当放弃,你就具备了一种成功者的素质。

一个人为人处世,拿得起是一种勇气,放得下是一种度量。对于人生道路上的鲜花、掌声,心胸豁达的人大都能等闲视之,屡经风雨的人更有自知之明。但对于坎坷与泥泞,能以平常心视之,就非常不容易了。面对大的挫折与大的灾难,能不为之所动,能坦然承受,则是一种胸襟和气度。

宋朝的吕蒙正,被皇帝任命为副宰相。第一次上朝时,人群里突然有人大声讥讽道:"哈哈,这种模样的人,也可以入朝为相啊?"可吕蒙正却像没有听见一样,继续往前走。然而,跟随在他身后的几个官员却为他鸣不平,一定要帮他查出究竟是谁如此大胆,敢当众讥讽朝廷命官。吕蒙正却对那几个官员说:"谢谢你们的好意,我为什么要知道是谁在背后说那些不中听的话呢?倘若一旦知道了是谁,那么一生都会放不下的,以后还怎么安心地处理朝中事务?"

吕蒙正之所以能成为北宋的一代名相,其根源正是他有能放下一切荣辱的胸襟。

这就是拿得起、放得下。我们在人生路上也一样,大千世界,万种诱惑，什么都想要，反而什么都得不到。该放就放，你会轻松快乐一生。

人生苦短，每个人都会有得意、失意的时候，世上没有一条路是永远平坦的，又何必痴求事事如意呢？如若烦忧相加、困扰接踵，对身心只能是有害无益。

我们应该保持心静如水、乐观豁达，让一切随风而来，又随风而去，及时剔除心底的烦忧，只有常常"打扫"心房，才能让心灵保持清新亮堂。正如我们每天打扫卫生一样，该扔的扔，该留的留，心灵自然会更加干净，继而做到胸襟开阔、积极向上，这样才能在人生之路上走得更潇洒。

有一首流传非常广的谚语："为了得到一根铁钉，我们失去了一块马蹄铁；为了得到一块马蹄铁，我们失去了一匹骏马；为了得到一匹骏马，我们失去了一名骑手；为了得到一名骑手，我们失去了一场战争的胜利。"

为了一根铁钉而输掉一场战争，这正是不懂得及时放弃的恶果。

在生活中，有时不好的境遇会不期而至，让我们猝不及防，此时我们更要学会放弃。

诗人泰戈尔说过："当鸟翼系上了黄金时，鸟就飞不远了。"学会放弃才能卸下人生的种种包袱，轻装上阵，安然地面对生活中的逆境，度过人生的风风雨雨。

古人云："塞翁失马，焉知非福。"选择是量力而行的睿智和远见，放弃是顾全大局的果断和胆识。人生如戏，每个人都是自己生命中唯一的导演，只有学会选择和放弃的人才能够彻悟人生、笑看人生，拥有海阔天空的人生境界。

有个人刚刚参加了一个特别的葬礼：一位在某医院工作的年轻女

孩，由于一段长达五年的恋爱失败，抑郁而终。那个女孩不仅美丽善良、孝顺父母，还有着令人羡慕的稳定工作。在沉痛的哀乐声中，女孩那白发苍苍、心力交瘁的父母痛不欲生，生前的亲朋好友也都低声哭泣为之惋惜。那个女孩在人生的转折处做了一个错误的选择：她选择在痛苦中静静地离去，以此摆脱痛苦，然而，这个选择却给亲朋好友带来了更多的痛苦。

其实，如果她能看得开，能早点放下心头的包袱，人生将会是另外一种结局。所以，为何不看开一点儿呢？

在许多时候，我们都会讨论一个共同而永久的话题："人的一生怎样做才能够让自己拥有快乐？"从乡野莽夫到名人圣贤，不同领域、不同经历的人都有各自独特精辟的观点：有的人会以舍生取义、精忠报国为乐；有的人会以不断进取、实现自己的理想为乐；也有的人会以不择手段来满足一己之欲为乐……其实一个人要想获得真正的快乐，只有卸下背在身上的包袱，用心去体验人生。

人生尽管短暂，却是如此的美妙和精彩。就让我们放下心灵的包袱，因为只有卸下了种种包袱，轻装上阵，从容地等待生活的转机，不断拥抱新的收获，踏过人生的风风雨雨，懂得放手和享有，才能变得更加成熟，活得更加充实、坦然和轻松。

3. 谁道人生无再少？门前流水尚能西
——乐观向上的人生态度

◎ **出处**

苏轼《浣溪沙·游蕲水清泉寺》

◎ **原文**

游蕲水清泉寺，寺临兰溪，溪水西流。

山下兰芽短浸溪，松间沙路净无泥。潇潇暮雨子规啼。

谁道人生无再少？门前流水尚能西！休将白发唱黄鸡。

◎ **译文**

游玩蕲水的清泉寺，寺庙在兰溪的旁边，溪水向西流淌。山脚下刚生长出来的幼芽浸泡在溪水中，松林间的沙路被雨水冲洗得一尘不染。傍晚，下起了小雨，布谷鸟的叫声从松林中传出。

谁说人生就不能再回到少年时期？门前的溪水还能向西边流淌！不要在老年感叹时光的飞逝啊！

◎ **赏析**

这首词写于元丰五年（公元1082年）春，当时苏轼因"乌台诗案"被贬任黄州（今湖北省黄冈市）团练副使。这对于苏轼的政治生涯是一个沉重的打击，然而这首在逆境中完成的词却表现出他的一种乐观向上的精神。

上阕写自然景色，前两句描写早春时节，溪边兰草初发，小径洁净无泥，一派生机盎然的景象。后来却以萧萧暮雨中，杜鹃哀怨的啼声结尾。子规声声，提醒行人"不如归去"，给景色抹上了几分伤感的色彩。

下阕却笔锋一转，不再陷于子规啼声带来的愁思，而是重新提振精神。常言道："花有重开日，人无再少年。"岁月的流逝，正如同东去的流水一般，无法挽留。然而，"门前流水尚能西"，东流水亦可西回，又何必为年华逝去徒然悲哀呢？看似浅显，却值得回味。

全词洋溢着一种向上的人生态度，然而上阕结尾的子规啼声，反映出词人艰难的处境，更显出词人达观态度的难能可贵。

现实生活中，有喜欢抱怨的人，也有乐观豁达的人。喜欢抱怨的人在让自己难过的同时，也伤害着身边的人，为他人带去麻烦，世界上几乎没有人因为抱怨世界而得到快乐。虽然有时抱怨可以减轻当时的痛苦，帮助人从痛苦中暂时抽身，但是那并不能彻底解决问题，而是在逃避现实。

事事都选择沮丧失望，不如转变思维，往好的方面想。选择痛苦呻吟，不如选择开心快乐。如果你决定做快乐的人，生活就不会那么黑暗。在面对艰难困苦的挑战时，如果你足够机智，改变思维方式，世界也不会吝惜将足够的快乐送给你。受到伤害后，疗伤止痛才是明智之举，沉溺于痛苦中只会加深痛苦。

潮起潮落、冬去春来、日出日落、月圆月缺、花开花谢、野草荣枯……自然界的万物都在循环往复的变化中，人也不例外，人的情绪也难免会时好时坏。

学会控制情绪，这是自然界的法则，只不过很少有人发现玄机。每天你醒来时，不再有旧日的心情。昨日的快乐已变成今日的哀愁，今日的悲伤又转化为明日的喜悦。这就好比花儿的生长，绽放时的喜悦也总会变成凋谢时的绝望。但是你要记住，正如今天枯败的花儿蕴藏着明天新的种子一样，今天的悲伤常常预示着明天的快乐。乐观是一种坦荡做人的态度。

二十世纪八十年代中期，美国某保险公司曾雇用了五千名推销员，并对他们进行了培训，每名推销员的培训费高达三万美元。谁知，雇佣后的一年就有一半人辞职，四年后这批人只剩下了五分之一。

该公司对这些剩下的人进行了跟踪研究，研究结果表明：这些人的工作任务完成得最好。第一年，他们的推销额比最后选择离开的人高出21%，第二年高出57%。

生活在别人的评价中是非常累的，并且会对自己的情绪造成负面影响。生活中小小的挫折就由它去吧，重要的是学会轻松地生活，以一种乐观的态度对待事物。

在契诃夫的小说《小公务员之死》中，那个可怜的小公务员在看戏时不幸与将军大人坐到了一起，把唾沫星子弄到了将军的头顶上，于是他变得惶惶不安起来。在他心里，无论他如何解释，将军大人都不会再原谅他。最后，这个小公务员在巨大的精神压力下，竟然一命呜呼了。

每天利用几分钟的时间，想象下明天、下一个星期或是明年，都可能发生许多愉快的事情，不要对未来过度烦恼或忧虑，多想想美好的事情，你会在不知不觉中计划并实现它们。如此一来，你就养成了乐观的习惯。

乐观的人总能看开一些不顺利的事情，他们认为人生在世，不如意的事情十有八九，有时候无论付出多大的代价也是徒劳，因此不快乐白不快乐。不管他们从事什么职业，也不管曾经取得过多么辉煌的成就，都能不骄不躁、泰然处之，不让自己成为一个故步自封、自以为是的人。

唐太宗李世民即位后不久,有一次他对满朝的文武大臣们说:"朕自年少之时就喜欢弓箭,这许多年来曾得到十几张好弓,自以为是天下最好的,没有能超过它们的。可最近我将它们拿给一个弓匠看,他却说:'做这些弓用的材料都不是最好的。'朕问其原因,弓匠说:'弓的材料的中心部分不直,所以,其脉纹也是斜的,弓力虽强,但箭射出去不走直线。'朕以弓箭平定天下,而对弓箭的原理尚没有完全认识清楚,何况天下事务呢,怎能遍知其理?希望你们多多发表自己的意见,纠正朕的错误。"

正因为唐太宗李世民有这样一种开放的心态,所以他才能懂得"兼听则明,偏信则暗""水能载舟,亦能覆舟"的道理;正是因为他有一种开放的心态,他才能知道"以铜为鉴,可以正衣冠;以人为鉴,可以知得失;以史为鉴,可以知兴替";也正是由于他有一种开放的心态,所以才将大唐治理成为中国历史上最强盛的帝国之一。

治国如此,为人与做事也是如此。在这个世界上,做任何事都要有开放的胸怀,也只有如此才能成就辉煌的人生。

大发明家爱迪生靠他的智慧和勤奋,终于为自己建起了一个有着相当规模的工厂,工厂里有着设备齐全的实验室,这些都是他几十年心血的结晶。然而不幸的是,一天夜里,他的实验室突然着火,紧接着引燃了贮存化学药品的仓库,随后片刻的工夫,整个工厂便陷入一片火海之中。尽管当时消防队调来了所有的消防车,却依然无法阻止熊熊大火的蔓延。正当众人为爱迪生一辈子的成果即将毁于一旦而感伤的时候,爱迪生却吩咐儿子道:"快,快把你的母亲叫来!"儿子不解地问:"火势已不可收拾,就是把全市的人都叫来也无济于事了,何必还要多此一举呢?"没想到爱迪生却轻松地说:"快让你的母亲来欣赏这百年难得一遇的超级大火!"

妻子赶来了,当她看到爱迪生正以微笑来迎接她时,她有些不解地问道:"你的一切成果都将化成灰烬了,怎么还能笑得出来?"

爱迪生回答说:"不,亲爱的,大火烧掉的是我过去所有的错误。我将在这片土地上建一座更完善、更先进的实验室。"

这是何其旷达的心境!在灾难面前,爱迪生的心态令人赞赏。

其实,为失去的东西悲伤是非常愚蠢的行为。即便为失去的东西毁灭了自己,又有什么用呢?只有那些拥有旷达心境的人,才不会沉湎于曾经的拥有,而是怀着对未来无限的希望重新创造更加美好的生活。也许我们许多人都曾经为了失去的金钱、工作、地位、爱情等而伤心啜泣,但你要相信,在未来的岁月里,一定会有一份更加美好的礼物在等待着你。失去的东西只是你人生经历的一部分,只有现在和未来才是你真实的生活。

没有人能够控制或改变你的态度,除了你自己。你虽然改变不了环境,但却可以改变自己的心态;你不能预知明天,但你可以把握今天;你不能左右天气,但你可以改变心情。

幸福是一种感觉,快乐是一种选择。向左走选择快乐,向右走选择痛苦。凡事不可能皆如意,就看你怎样去选择。乐观是一种做人的态度,我们应学会以乐观的态度对待事物。因为乐观的人会更容易获得成功,而成功会吸引更大的成功,所以乐观就是成功的第一步。

4. 夕阳芳草本无恨，才子佳人空自悲
——人不要自寻烦恼

◎ 出处

晁补之《鹧鸪天·绣幕低低拂地垂》

◎ 原文

绣幕低低拂地垂。春风何事入罗帏。胡麻好种无人种，正是归时君未归。

临晚景，忆当时。愁心一动乱如丝。夕阳芳草本无恨，才子佳人空自悲。

◎ 译文

帘幕低垂，拂过地面。哪来的一阵春风，没事跑到我房间里。这正是春天种胡麻的季节啊，却没有人来播种，到了你该回家的时候，你却还没有回来。

天色渐晚，夕阳西下，我又想起当时我们在一起的情形。这一想就扰乱了我的思绪，心乱如麻。其实夕阳和芳草都是没有感情的东西，自然也不会有离恨相思了，只是才子佳人借它们为自己悲叹罢了。

◎ 赏析

俗话说："世上本无事，庸人自扰之。"确实，生活中有许多烦恼完全是庸人自扰。有一次在火车上，偶然听到一段对话。这段谈话长达一个小时，谈话的主题是两个人在明天以及接下来的一周将会有多累。这两个人像是在彼此说服对方，或是说服自己，强调他们在工作中将会花多长时间、多少力气，他们会睡不了几个小时，最重要的是

他们会疲倦得不得了。他们两个都说了些类似的话,如"哎!明天太累了。""我不知道下星期要怎么过!"及"今天晚上我只能睡3个小时!"他们谈到晚上加班、缺乏睡眠、不舒服的旅馆床铺、大清早的会议等等。此时的他们已经觉得精疲力竭了,而我相信事情应该就会像他们预期的那样发生。我不敢确定他们是在吹牛还是在抱怨,但有一点是可以肯定的:只要这样的对话继续下去,他们就会变得越来越疲倦。他们的语气很沉重,似乎即将缺乏睡眠的问题已经影响到他们了,就连我只是听了一阵子他们的对话,也觉得疲倦不已。

这个故事说明,一个人不论用什么方法想象自己的疲劳,都只会产生加重疲劳的后果。一个人在预想自己的疲倦时,就向大脑发出了一个信号,提醒大脑作出疲倦的反应,这就是说,你的疲劳正是对你自己胡乱想象的一种反馈,你的烦恼是自找的。一个人把烦恼寄给流逝的时光,收到的便是天天烦恼;把烦恼转嫁给别人,到头来仍然是自寻烦恼;把烦恼流放到云天沃野,最终你会感到人生处处充满烦恼。

还有的人是用另一种方式来自寻烦恼的。有两个穷人一起赶路,边走边聊。其中一个人说:"老兄,咱俩这么穷,要是能拾到一笔钱该多好啊!喂,你说,要真拾到钱,咱俩该怎么办?"另一个人说:"怎么办,那还用说,见面分一半呗,咱俩一人一半。"

"不对,"第一个人说,"钱这东西,谁拾到就是谁的,凭什么我要分你一半呢?"

"咱俩一块儿出门赶路,拾到钱,你还要独吞不成?真是个守财奴,不够朋友。""你说什么?守财奴?你再说一遍。""说就说,我怕你呀,守财奴。"两个人越说越激动。

话音未落,两个人就扭打在了一起,你一拳我一脚,打得不可开交。这时从对面走过来一个人，见状上前拉架。二人竟不肯住手，口中也还在叫骂。劝架的人好不容易弄明白原因，不禁哈哈大笑道："我还以为你们当真拾到钱了呢，还没拾到就打得鼻青脸肿呀？"

两个人这才回过神来，打了半天，其实并没有拾到钱，耽误了赶路不说，衣服还被弄破了，而且搞得鼻青脸肿，真是何苦！这正是典型的自寻烦恼。

但有时候尽管你不愿意寻找烦恼，烦恼也会找上门来。正所谓：人在家中坐，祸从天上来。烦恼这杯苦酒难以避免。望着远处的群山渐渐变得模糊，黄昏悄悄爬上心头；往昔清澈的目光，如今已是挂满寒霜；抚摸征程中被荆棘刺破而留在心中的那隐隐作痛的感伤……你会忽然觉得，烦恼从天而降，苦闷也在心中激起巨浪。

这时，不必害怕，轻轻闭上双眼。不要害怕烦恼会让你经受痛苦，不要担心烦恼会让你无法摆脱。烦恼要来，逃避只会徒增烦恼。要勇敢地接受烦恼，任烦闷的思绪，充斥你的心海；让苦恼的声音，在你的心中回荡。人要健康，身体需要锻炼；人想坚强，心灵更须磨炼。生活不全是鲜花铺就的成功之路，路上也长着野草。人生除了绿洲，还有暗礁。烦恼让你付出很多，同样也会让你收获不少。如果烦恼使你最终明白人生就是要不断地成长，那么，就高高兴兴地经历烦恼吧！但请记住，不要重复同样的烦恼。

当陷入某种苦恼时，不妨去爬爬山，去打打羽毛球，去游泳，去听音乐，去野炊，去人多热闹的地方，或者邀几个朋友，到田野，到河边，到湖畔，到一望无际的大草原放飞心灵。这样，心情就会豁然开朗，就会变得轻松愉快。

尤其是大自然，它是人类最好的老师，也是人类精神的家园和心灵的驿站。大自然的风光有益于心理健康，俗话说："好山好水好心情。"当漫步在碧波荡漾的湖畔，会感到心情恬静；面对波涛翻滚的大海，会想要迎击风浪；登山越岭，会想要奋发向上。有人说，大自然是人类永恒的良师益友。"观朱霞，悟其明丽；观白云，悟其卷舒；观山岳，悟其灵奇；观河海，悟其浩瀚；则俯仰间皆文章也。对绿竹，得其虚心；对黄华，得其晚节；对松柏，得其本性；对芝兰，得其幽芳；则游览处皆师友也。"这就是说，观赏红霞，可从中领悟到明亮灿烂的生命；观赏白云，可领悟到卷舒自如的姿态；观赏山岳，可领悟到它的灵动奇伟；观赏河海，可领悟到它的浩瀚无边；如此，天地之间都是文章。看到绿竹，想到它的虚心；看到菊花，想到它的气节；看到松柏，想到它的坚韧；看到芝兰，想到它的芬芳。大自然以其神奇的魔力告诉你：人是多么渺小，你眼下经历的一点儿苦恼又是多么不值一提！

大自然中有着无限风光，享受它的方法便是旅游。在大自然美景的熏陶下，能够消除忧愁烦恼，改善情绪，提高心理健康水平。因此，从某种意义上来说，旅游是保持心理健康的一种有效方法。

假如没有机会出去游山玩水，那也无妨。可以利用休息时间，到栽种有花卉的庭院里或草坪上休息片刻，或去附近优美的绿化地带、幽静的公园散散心。这样，往往会让人心旷神怡，精神振作，疲劳顿消。

此外，也可以在室内陈设盆景，把大自然的优美风光缩于一盆之中，从咫尺盆内领略自然山林之趣、名山大川之美，可谓意境幽深、耐人寻味。用这种方式同样能调剂心情，促进心理健康。

5. 回首向来萧瑟处，归去，也无风雨也无晴
——宠辱不惊是一种境界

◎ **出处**

苏轼《定风波·莫听穿林打叶声》

◎ **原文**

……

莫听穿林打叶声，何妨吟啸且徐行。竹杖芒鞋轻胜马，谁怕？一蓑烟雨任平生。

料峭春风吹酒醒，微冷，山头斜照却相迎。回首向来萧瑟处，归去，也无风雨也无晴。

◎ **译文**

不用注意那穿林打叶的雨声，不妨放开喉咙吟唱，从容而行。竹杖和草鞋轻捷得胜过骑马，有什么可怕的？一身蓑衣任凭风吹雨打，照样过我的一生。

春风微凉吹醒我的酒意，微微有些冷，山头初晴的斜阳却应时相迎。回头望一眼走过来的风雨萧瑟的地方，我信步归去，不管它是风雨还是放晴。

◎ **赏析**

此词为醉归遇雨抒怀之作。词人借雨中潇洒徐行之举动，表现出虽身处逆境、屡遭挫折但仍然不畏惧、不颓丧的倔强性格和旷达胸怀。全词即景生情，语言诙谐。

"回首向来萧瑟处，归去，也无风雨也无晴。"意思是说，归去之

后，看刚才刮风下雨的地方，哪里有什么风雨，哪里有什么晴天。所谓风雨，所谓晴，不过是人心中的幻象而已。归去之后，心灵回到宁静的境界，再看生活中的风雨或阳光，哪有什么区别呢？都一样微不足道。词人在此劝诫人既不要因遇到风雨而担惊受怕，也不要因遇到阳光而欣喜若狂，一切都应该泰然处之。其实这是一种人生的境界，是一种感悟了宇宙、人生之后的超越。这也反映出苏轼的人格，他的一生基本上达到了这一境界。晚年苏轼被流放到海南岛后，又把这三句稍微一改，写入了另一首诗《独觉》："潇然独觉午窗明，欲觉犹闻醉鼾声。回首向来萧瑟处，也无风雨也无晴。"可见，苏轼是以此来磨砺自己的品性，并贯穿在他整个生命历程之中。

古语说："宠辱不惊，看庭前花开花落；去留无意，望天上云卷云舒。"这段话描绘的是一种悠远美妙的意境，道出的是处世时难得的开阔心境。人生本就荣辱相随，悲欢离合亦在所难免。倘若处处留心，时时在意，那岂不是与黛玉同命？因此，虽为红尘人，却应该让自己有一份超凡心、糊涂心。让一切顺其自然，宠辱不惊、去留无意。

人生无坦途，在漫长的人生道路上，谁都难免会遇上厄运和不幸。人类科学史上的巨人爱因斯坦，四岁还学不会说话，被人耻笑为"低能儿"。小泽征尔这位被誉为"东方卡拉扬"的日本著名指挥家，在初出茅庐的一次指挥演出中，曾被中途"轰"下场来，紧接着又被解聘。为什么厄运没有摧垮他们？因为在他们眼里始终把荣辱看作是人生的轨迹，是人生的一种磨炼，假如面对当时的厄运和耻笑，他们不能泰然处之，也许就没有了日后出彩的人生。

许多年前，美国有个叫菲尔德的实业家，他率领工程人员，要用海底电缆把欧美两个大陆连接起来。为此，他成为美国当时最受尊敬的人之一，被誉为"两个世界的统一者"。在盛大的接通典礼上，刚被接通的电缆传送信号突然中断，人们的欢呼声立刻变为愤怒的狂涛，都骂他是"骗子""白痴"。可是菲尔德对于这些评论只是淡淡地一笑，不解释，只管埋头苦干。又经过多年的努力，菲尔德最终通过海底电缆架起了欧美大陆之桥，在这次的庆典上，他没上贵宾台，只是远远地站在人群中观看。

菲尔德不仅是"两个世界的统一者"，而且是一个理性的战士，当他遭遇常人难以忍受的厄运时，能够通过自我心理调节，做出正确的抉择，从而在实际行动中显示出强烈的意志力和自持力，这就是一种理性的自我完善。

世上有许多事情的确是难以预料的，成功伴着失败，失败伴着成功，人生本来就是失败与成功的统一体。人的一生，有如簇簇繁花，既有火红耀眼之时，也有暗淡枯萎之日，面对成功和荣誉，要像菲尔德那样，不狂喜，也不盛气凌人，而是看淡功名利禄；面对挫折和失败，要像爱因斯坦、小泽征尔那样，不悲伤，也不自暴自弃，而是看开厄运羞辱。

做人有时候必须糊涂一点。这种糊涂不仅仅是在受辱时要糊涂一点儿，在受宠时也该糊涂一点儿。因为，无论宠辱，都有尽时，看得太重反而会成为一种负担。

6. 世路如今已惯，此心到处悠然
——心境淡然才会快乐

◎ **出处**

张孝祥《西江月·问讯湖边春色》

◎ **原文**

问讯湖边春色，重来又是三年。东风吹我过湖船，杨柳丝丝拂面。

世路如今已惯，此心到处悠然。寒光亭下水如天，飞起沙鸥一片。

◎ **译文**

问候这湖中的春水、岸上的春花和林间的春鸟，你们太美了，这次的到来距前次已是三年了。东风顺吹，我驾船驶过湖面，杨柳丝丝拂面，似对我的到来表示欢迎。

人生道路上的曲折、沉浮我已习惯，无论到哪里，我的心一片悠然。寒光亭下，湖水映照天空，真是天水一色，水面上飞起一群沙鸥。

◎ **赏析**

张孝祥是一位因坚决主张抗金而两度遭谗落职的爱国志士，"忠愤气填膺"是他词作的主调，而在屡经波折、阅尽世事之后，他也写了一些寄情山水、超凡脱俗的作品。这首词就是如此。

"世路"，指尘世的生活道路，那是一条政治腐败、荆棘丛生的路，与眼前这东风怡人、杨柳含情的自然之路岂能相提并论。然而，词人说是"如今已惯"，这不仅表明他已历尽世俗道路的纷扰和磨难，对权贵的压迫、社会的黑暗业已司空见惯，更暗寓着他已看透世事、唾弃尘俗的莫名悲哀和无比忧愤。因此，"此心到处悠然"不仅是在说自己的心境无论到哪儿总是悠闲安适,更包含着自己这颗备受折磨、无力回天的心只能随遇而安、自寻解脱的无奈之情。

俗语说:"人生不如意事十之八九。"在人生不如意时,很多人都怨天尤人,终日生活在痛苦中不能自拔。其实,还不如保持一份淡然的心境,这样快乐将触手可及。

有一个渔夫,他每天早上出海打两个小时的鱼,就可以解决一家人一天的生活问题。每次他打完鱼就回村里和人下棋、聊天,带孩子在院子里玩,日子过得自由自在、无忧无虑。

有一天,来了一个商人。商人对他说,你打鱼的技术这么好,每天多花一些时间去打鱼,你就可以得到更多的钱。渔夫问:"然后呢?"商人说:"得到了钱,你就可以多买些船,然后请工人帮你打鱼。到时候,你就可以把鱼卖到更远的地方。"渔夫问:"再然后呢?"商人说道:"那时,你就有更多的钱了。你可以开间工厂,把鱼加工后卖给人们。这样你就成就了一番事业。"渔夫问:"那要多久呢?"商人说:"四十年。"渔夫说:"得到这些我又能做什么?"商人想了想说:"得到这些,你就可以回渔村找些老朋友,一起聊聊天、下下棋,和你的老婆孩子一起过着无忧无虑的生活。"渔夫说:"我现在不就过着这样的生活吗?"

渔夫和商人的话,各有道理。选择一种生活态度,同时也就选择了一种生活方式。选择一种不需要太忙碌的生活,并且可以真正地享受它的人,是比较超然的人,他们更喜欢心境淡然的感觉。渔夫的生活里虽然没有什么奢靡的东西,但他拥有更多的快乐。

生活中有太多人们想要拥有的东西,权势、金钱、名利等等,可是,转眼之间如云烟缥缈,一切都会化为乌有,什么都不能够带走,无论是高官厚禄的诱惑,还是山珍海味的享受。只有淡然的心境,才是人生的永恒追求。

7. 浮云出处元无定,得似浮云也自由
——学会选择,懂得放弃

◎ 出处

辛弃疾《鹧鸪天·欲上高楼去避愁》

◎ 原文

欲上高楼去避愁,愁还随我上高楼。经行几处江山改,多少亲朋尽白头。

归休去,去归休。不成人总要封侯?浮云出处元无定,得似浮云也自由。

◎ 译文

心想到高楼上观看美景来躲避忧愁,忧愁还是跟着我上了高楼。我走过好几个地方,江山都已面目全非,许许多多亲戚好友都已白了头。

回家退休吧,回到家中去退休。难道个个都要到边塞去立功封侯?浮云飘去飘来本来没有固定之处,我能够像浮云那样随心来去,该有多么自由。

◎ 赏析

在长久的官场生涯中,词人看透了其间尔虞我诈的现实。在仕途与归隐的抉择之间,他苦苦思索,不得要领,因而愁肠百结,久不能忘。

词人最终思考的结果是，选择自由自在的生活，放弃仕宦生涯。这首词便是在这样的背景下创作而成的。

在我们的人生旅途中，时时刻刻都面临着放弃和被放弃。但你必须明白，并不是所有的探索都能发现鲜为人知的奥秘，并不是所有的跋涉都能抵达胜利的彼岸，并不是每一滴汗水都会有收获，并不是每一个故事都会有美好的结局。因此，我们应该学会放弃，明白这点，也许你就会在失败、迷茫、愁闷和苦恼之时，找到平衡点，找回自己的人生坐标。

从前有个孩子把手伸到一只装满榛果的瓶子里，尽其所能地抓了一大把榛果，当他想把手收回时，手却被瓶口卡住了。他既不愿放弃榛果，又不能把手抽出来，不禁伤心地哭了。这时一个旁人告诉他："只拿一半，让你的拳头小些，那么你的手就可以很容易地抽出来了。"

贪婪是人性的弱点之一，有时候抓住太多想要的东西不放，只会为自己带来压力、痛苦、焦虑和不安。往往什么都不愿意放弃的人，最后什么都得不到。

放弃是一种智慧。即使你的精力过人、志向远大，时间也不容许你在一定时间内同时完成许多事情，正所谓："心有余而力不足。"就如把眼前的一大堆食物塞进嘴里，塞得太满，不仅肠胃消化不了，可能连咽都咽不下去。所以，在众多的目标中，我们必须依据现实情况，有所放弃，有所选择。

一位精神病医生有着多年的临床经验，在他退休后，撰写了一本关于心理疾病治疗方面的专著。这本书足足有一千多页，书中有对各种病情的描述和相应的治疗办法。

有一次，他受邀到一所大学里讲课。在课堂上，他拿出了这本厚厚的著作，说："这本书有一千多页，里面记载了三千多种治疗方法和一万多样药物，但所有的内容，归根结底只有四个字。"

说完，他在黑板上写下了"如果，下次"。

医生说，造成一个人的精神消耗和折磨的全是"如果"这两个字，"如果我考进了大学""如果我当年不放弃她""如果我当年能换一种工作"……

治疗的方法有数千种，但最终的办法只有一种，就是把"如果"改成"下次"。"下次我有机会再去进修""下次我不会放弃所爱的人"……

钱钟书在《围城》中写了一个十分有趣的故事。故事中说天下有两种人，譬如一串葡萄到手后，一种人先挑最好的吃，另一种人把最好的留在最后吃，但两种人都感到不快乐。先吃最好的葡萄的人认为他拿的葡萄越来越差；把好的留在最后吃的人认为他吃的每一颗都是葡萄中最坏的。

原因在于：第一种人活在回忆中，他常用以前的东西来衡量现在，所以不快乐；第二种人刚好与之相反，同样不快乐。

为什么不这样想，我已经吃到了最好的葡萄，有什么好后悔的；我留下的葡萄和以前的相比，都是最好的，为什么要不开心呢？

这其实就是生活态度问题，它决定了一个人的喜怒哀乐。如果不懂得选择也不懂得放弃，那一辈子也无法获得快乐。

漫漫人生路，只有学会放弃，才能轻装前进，才能不断有所收获。一个人倘若将一生的所得都背负在身上，那么纵使他有一副钢筋铁骨，也会被压倒在地。在人生的关键时刻，懂得放弃小利益，不为小恩小惠所动，这绝对是一本万利的。当然，用自己的利益做赌注，即使再小，也不是任何人都愿意去做的，这就要求我们要有长远的眼光，要敢于放手一搏。

有一个聪明的年轻人,很想在一切方面都比他身边的人强,他尤其想成为一名有学问的人。可是,许多年过去了,他在其他方面都不错,学业却没有长进。他很苦恼,就去向一个大师求教。

大师说:"我们一起登山吧,到山顶你就知道该如何做了。"

那山上有许多晶莹剔透的小石头,十分迷人。每当年轻人见到他喜欢的石头,大师就让他装进袋子里背着,很快,他就吃不消了。"大师,再背下去,别说到山顶了,恐怕连动也不能动了。"他疑惑地望着大师。"是呀,那该怎么办呢?"大师微微一笑,"该放下了,背着石头怎么能登顶呢?"

年轻人一愣,顿觉心中一亮,向大师道谢后走了。之后,他一心做学问,进步飞快……

其实,人要有所得必要有所失,只有学会放弃,才有可能登上人生的高峰。

在电影《卧虎藏龙》中有这样的一个场景:男、女主角坐在一个凉亭里,背后是一片翠绿的竹林,凉风徐徐地吹来,颇有一种与世无争的怡然自得之感。其间有一句对白是这样的:"我的师父常说,把手握紧,里面什么也没有;把手放开,你得到的是一切!"

生活并不是一帆风顺的,很多时候我们需要学会放手,放手不代表对生活的失职,它也可能是人生中的契机。然而学会放手要比学会紧握更难,因为那需要更多的勇气。

总的来说,放弃是一种睿智,是一种豁达;放弃是金,是一门学问;放弃是美好事物的新的起点,是错误的终结。放弃,对心境是一种宽容,对心灵是一种滋润,它驱散了乌云,它清扫了心房。学会放弃,人生才会更加坦然，生活才会更加灿烂。所以，朋友们，把包袱卸下，放开你心里的风筝线，让你的心自由地翱翔！别忘了，在生活中还有一种智慧叫放弃。

第三章 今年花胜去年红，可惜明年花更好——宁静乐观，体验人生

第四章

人生自是有情痴，此恨不关风与月——理解尊重，爱满人生

爱情，历来是文学的永恒主题。词作为一种可以表达心绪的文学样式，十分适合言情。词将古人缠绵婉转的幽约情感演绎得醇香醉人、沁人心脾，有如一坛老酒耐人品味。"人生自是有情痴，此恨不关风与月"，这两句更是把古今多少离愁别绪和为情痴迷的心事一语道尽，成了写情的千古名句。

1. 和羞走，倚门回首，却把青梅嗅
——羞涩更添女人魅力

◎ **出处**

李清照《点绛唇·蹴罢秋千》

◎ **原文**

蹴罢秋千，起来慵整纤纤手。露浓花瘦，薄汗轻衣透。

见客入来，袜刬金钗溜。和羞走，倚门回首，却把青梅嗅。

◎ **译文**

荡罢秋千起身，懒得揉搓细嫩的手。在她身旁，瘦瘦的花枝上挂着晶莹的露珠，她身上的涔涔香汗渗透了薄薄的罗衣。

突然进来一位客人，她慌得顾不上穿鞋，只穿着袜子抽身就走，连头上的金钗也滑落下来。她含羞跑开，倚靠着门回头看，假装在闻青梅的香气。

◎ **赏析**

羞涩是含苞欲放的花蕾，是含羞草一经触碰马上合拢的叶子，是夜色中朦胧的轻纱，是脸颊上两片绯红的云霞。羞涩的女人有一种特别的魅力，含蓄而富有诗意，令人如醉如痴、遐想翩翩。"犹抱琵琶半遮面""插柳莫让春知晓"的神韵尤其能激发词人丰富的想象力。同时，羞涩还闪耀着谦卑的光辉，是一种道德和审美的反射。动人的表情，迷人的仪态，文雅的举止，温柔的韵味，羞涩竟具有如此大的神奇魅力！

笔者认为，李清照这首词展现的就是青春少女羞涩的魅力。"和羞走，倚门回首，却把青梅嗅"，这几句中的少女羞怯天真、可爱动人，尽显羞涩的魅力。明代沈际飞感叹道："片时意态，淫夷万变。美人则然，纸上何遽能尔。"（《草堂诗馀续集》卷上）他赞叹李清照将女子羞涩的魅力表现得出神入化，不写她的美貌，不写她的梳妆，只着力表现她的羞涩，用她一举一动间散发出的无穷魅力感染读者。

羞涩，是人类文明进步的产物。任何动物，包括最接近人类的猩猩，也绝对不会害羞。羞涩是人类最天然、最纯真的感情表露，是一种感到难为情、不好意思的心理活动，它往往伴随着甜蜜的惊慌和异常的心跳，外在的表现就是表情不自然，脸上荡漾起红晕。这脸上的红晕，就像含苞待放的花朵，给人带来一种美的感受，是一种独特的魅力。

羞涩还是一种感情信号，常常是一种动情的外部表现，是被陌生环境、场面所触发的紧张情绪和被事物拨动了心弦的反应。有诗曰："姑娘，你那娇羞的脸使我动心，那两片绯红的云显示了你爱我的纯真。"可见，一张羞涩的脸，便是一首优美的诗。

羞涩，通常是女性的特色，具有独特的风韵。诚然，男性也会羞涩，然而文学作品中的羞涩往往更多地浮现在女性的脸上。比如一提红颜，谁都知道指的是女子而不是男子，这"红"字显然不只是指面部的青春红润，还指的是当人感到羞涩时脸上泛起的红晕。笔者认为，羞涩的红象征着女性，但它往往稍纵即逝，也许正因如此，自古女子就喜爱使用红色的胭脂，以达到"羞涩常驻"的效果，有助于保持和强调女性的特色。

羞涩朦胧，魅力无穷。康德说："羞怯是大自然的某种秘密，用来抑制放纵的欲望；它顺其自然的召唤，但永远同善、德行和谐一致。"羞涩犹如披在女性身上的神秘轻纱，增加了她们的独特魅力。这是一种含蓄的美，是一种蕴藉的柔情。

2. 心似双丝网，中有千千结
——爱需要勇气

◎ 出处

张先《千秋岁·数声鶗鴂》

◎ 原文

数声鶗鴂，又报芳菲歇。惜春更把残红折。雨轻风色暴，梅子青时节。永丰柳，无人尽日飞花雪。

莫把幺弦拨，怨极弦能说。天不老，情难绝。心似双丝网，中有千千结。夜过也，东窗未白凝残月。

◎ 译文

杜鹃声声，又来向人们报道春时光景即将逝去。惜春人更是想将那残花折下，挽留点点春意。不料梅子青时，便被无情的风暴突袭。看那庭中的柳树，在无人的园中整日随风飞絮如飘雪。

切莫把琵琶的细弦拨动，心中极致的哀怨细弦也难倾泻。天不会老去，爱情也永远不会断绝。多情的心就像那双丝网，中间有千千万万个结。中夜已经过去了，东方未白，尚留一弯残月。

◎ 赏析

这首词中，一对有情人的青春初恋宛如青涩的梅子，刚刚萌动，就遭到无情风暴的摧残，眼见爱情就要像柳絮一样飞走了，悲痛之下主人公生出抗争的勇气："天不老，情难绝。心似双丝网，中有千千结。"他说只要天不老，他们的爱情就不会断绝，在他们用真情密密织就的网里，两情缠绵纠结，早已牢牢系住彼此，难解难分，任凭是谁都拆散不

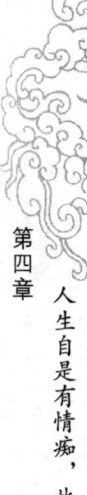

了。爱就需要共同面对风雨、克服阻碍的勇气，该勇敢时要勇敢，太畏首畏尾到最后只会牺牲自己的感情。在相爱的路上可能会遇到狂风暴雨肆虐、流言蜚语四散，甚至可能遇到世俗的强烈反对。当爱情不被祝福时，如果恋爱双方没有爱的勇气，他们的爱情势必会如春残花落、风吹云散般被扼杀和拆散。爱需要勇气，勇气让爱更坚韧、更坚强、更坚固。

无论是爱的表白与倾诉，还是爱的坚持与相守，都需要勇气。生活中，很多人喜欢一个人只是在心里默默地想念，不敢说出自己的真实感受，尤其在面对自己爱的人时更是不知所措，只是静静地等待那个人爱上自己，等到最后往往会错过一段美好的感情，甚至错过一辈子的爱人。

一个少年得了不治之症，随时都可能死去。他只有十七岁，每天待在家里，由母亲照料着。有一天，他觉得心里空荡荡的，想出去走走，母亲同意了。当他漫无目的地走在大街上，偶尔抬头往一家音像店里张望的时候，看到了一个非常美丽的同龄女孩。少年对她一见钟情，情不自禁地走进了音像店。他慢慢地走到柜台前，女孩微笑着问道："你想要什么？"他觉得这是他一生中看到过的最美丽的笑容，这美丽的笑容让他心动。他结结巴巴地回答道："哦，嗯，那个……我想要一张黑胶唱片。"他边说边随手拿了一张唱片递给女孩。女孩笑着说："把它包起来吗？"他点了点头。女孩转过身去，在桌上包装着，然后又转过身来把装好后的唱片交给了他。他接过唱片离开了商店。从那以后，这个少年每天都会到那家音像店去买一张唱片，女孩每次都将唱片包好后交给他，他也总是把唱片带回家，小心地放进自己的抽屉里。少年感觉自己的身体一天比一天差，这天他鼓起勇气，像往常一样走进音像店，买了一张唱片，女孩也像往常一样转过身去替他包起来，就在这时，少年把一张写有自己电话号码的纸条放在了柜台上，当女孩转过身来时，他一把"抢过"唱片，就掉头跑了出去。到了周末，少年家的电话响了，是那个女孩打来的，少年的母亲伤心地哭了，她说："他没有等到你，他昨天走了。"女孩默默地挂了电话。过了一些日子，母亲来到儿子的房间，整理他的东西。她在抽屉里看到了一大堆包好的唱片，这些唱片都没有打开过，她坐在床边，打开了一个包装，一张纸条从包装里掉了出来，她拾了起来，上面写着："嗨，你好，你很帅，愿意和我一起出去吗？"母亲又急忙打开了好几个唱片包装，里面都有一张小纸条，上面都写着同样的话。

如果爱，请深爱；如果爱，说出来。朋友们，请放下你们的矜持，把你的感受及时告诉你爱的人，不要拖得太久，爱就要勇敢地说出来。只有勇敢地表达，才能让对方明白自己的心意。千万不要让自己的人生留下遗憾！

爱你在心口难开的情况，很多人都会遇到，哪怕对方是你默默喜欢了好久的人，也鼓不起勇气来表白，或者苦于没有适当的机会。相信这对于每个痴情的少男少女而言，都是十分痛苦的事。

生活中，很多人恐怕都实践过这样一个暗恋公式：当你在那条路上像个忧郁的哲学家一样反反复复地走来走去，只为了能假装在不经意间偷偷地看他一眼；当你穿上那身绿色的新衣服，只因为他曾经对你说过这是他最喜欢的颜色……哪怕对方并不在意，你的心里也会有那么一丝带着感伤的甜蜜。明明爱着对方，却要把这份感情深埋在心底；明明想着一个人，却硬要装作若无其事的样子；明明默默关心着一个人，却要表现得毫不在意。但是，当你身心俱疲的时候，这份爱你又能够得到多少呢？

龚霞今年二十八岁，在一家开发公司做打字员，如果不是因为有一个人在这家公司，也许几年前她就改行做其他事情了。她暗恋的这个人是自己的上司，而且是隔了几层的上司。

七年前，龚霞大专毕业后，通过亲戚介绍到这家开发公司做打字员。进公司的第一天，贾经理跟新来的员工谈话，虽然没有讲话稿，但他讲起话来却条理清晰、通俗易懂。那是她第一次见到英俊潇洒的他，一米八的身高，看起来气宇非凡。当时，龚霞还是一个不懂感情的小姑娘，可自从见了贾经理后，她就感觉从小幻想的白马王子突然出现了。

为了赢得贾经理的好感，龚霞工作起来非常勤奋，希望能引起他的注意。虽然她只是一个小打字员，但是她最盼望的事情就是公司召开全体会议，因为只有在这样的会议上，她才能见到贾经理。

贾经理有个习惯，在公司与员工相遇时，总是谦和地点点头。为了多得到这种"点头"的机会，龚霞每天都提前来上班。一听见他的鞋跟声从桌边响起，她立刻就低下头，佯装正在认真翻阅整理客户材料。有一次填工作报表时，她写着写着，竟写成了贾经理的名字。同事无意间靠过来，她的心突然"怦"的一跳，双耳立刻通红，抓起那张纸拧成团，塞进抽屉，仰起头不好意思地朝大家傻笑。

龚霞留的一头长发，也是因为贾经理。五年前，贾经理在和单位员工聊天时，说他喜欢留长发的女孩子。也许他当时只是无心说的，可龚霞却记在了心里。从那个时候起，她便开始留起了头发，这么多年来，从没剪短过。头发留这么长，走在大街上总能吸引不少人的目光，可是贾经理从没有夸赞过她的头发，每次龚霞从他眼前经过时，他甚至都像没有看见一样。

就这样龚霞的喜怒哀乐常常被贾经理的一个眼神、一个举动和一句话影响着：见到他，就快乐；见不到他，就失落。他的一个微笑，都会让她整夜失眠；他的一句话，都会让她回味无穷。

几年前，母亲曾托人给她介绍了一个不错的男孩，一个搞科研的研究生。见面后，男孩对龚霞很有好感，可她却没有感觉，因为她的心里都是贾经理。那个男孩单独约了龚霞几次，都被她拒绝了。她的心里已经没有空间给其他任何人了，然而贾经理本人并不知道。

随着年龄渐渐增大，龚霞开始厌倦自己这种没有结果的暗恋，却没有勇气表白。多少次，她都想给贾经理写一封信，可一想到身份的差异便没了提笔的勇气。这份痛苦的情感在她心里憋了整整七年，从不敢讲给任何人听，甚至是自己的父母。七年来，她饱尝了暗恋的苦涩。如今，她还是孤身一人。

像龚霞一样饱受暗恋之痛、不敢表达爱意的人是辛苦的。暗恋指对另一个人心存爱意或好感，但因为种种原因，这种爱意无法宣之于口。暗恋是一种没有回报的爱，一种单方面的付出。没有结果的爱，必定会以独自悲伤收场。暗恋是一种微妙的感情，然而这种感情若得不到良好的处理，必然会对人造成很大的伤害。

悄悄地爱上了一个人，却又苦于不知道怎样表达，这是不少青年常常碰到的难题。你既羞于向人求教，更恐"落花有意，流水无情"，只好保持缄默，自己着急、苦恼。但如果不想再承受这种痛苦，就要学会把你的感受说出口。

其实，向你爱慕的人表达爱意的方式多种多样，只要你善于细心观察，总会找到恰如其分的时机和方法。

3. 肥水东流无尽期，当初不合种相思
——相思病无药可医

◎ **出处**

姜夔《鹧鸪天·元夕有所梦》

◎ **原文**

肥水东流无尽期。当初不合种相思。梦中未比丹青见，暗里忽惊山鸟啼。

春未绿，鬓先丝。人间别久不成悲。谁教岁岁红莲夜，两处沉吟各自知。

◎ **译文**

肥水汪洋向东流，永远没有停止的时候。早知今日凄凉，当初真不该苦苦相思。梦里的相见总是看不清楚，不如画像清晰，而这种春梦也常常会无奈地被山鸟的叫声惊醒。

春草还没有长绿，我的两鬓已成银丝，苍老得太快。我们离别得太久，慢慢一切伤痛都会渐渐被时光忘去。可不知是谁，让我朝思暮想，年年岁岁的团圆夜，这种感受，只有你和我心中明白。

◎ **赏析**

词人曾几度游历合肥，并与一名歌妓相爱。短暂的欢聚，竟成为他一生回忆的往事。在记忆中，心上人的形象十分鲜明。然而伊人远去，后会无期。回首往事，令人思念不已，感慨万千。梦中相见，又被山鸟惊醒。饱受思念之苦，真觉得"当初不合种相思"了。愁思绵绵，犹如肥水东流，茫无尽期。两个人只得在年年元宵之夜，默默在心中重温当

年相恋的情景。词中所流露出的伤感与愁思，即是因此而发。

爱情是两性之间的情感交流，需要双方投入感情。真正的爱情是两个人之间产生的建立于生理、心理和社会伦理综合需要基础之上，相对稳定和持久的亲密情感及其体验。如果只有一方产生感情而另一方却无动于衷，那么产生感情的一方就被称为单相思。单相思得不到爱的回报，没有爱的补偿，就会陷入痛苦的深渊。

单相思可以分为以下四种情况：

一、求爱前的单相思。这是爱情发展的第一阶段。进入恋爱前的男女一般都会体验到这一点。只有体验了相思之苦，才能鼓起勇气去求爱。求爱成功，单相思就会转化为双相思，这时就会体验到相爱的快乐。

二、求爱失败后的单相思。由于种种原因，你的爱不被别人接受，不能发展为爱情。但是有些人遭受拒绝之后，仍然不能忘记对方，就陷入痛苦的单相思。

三、失恋后的单相思。是指两个人曾是恋爱关系，但由于某种原因分手后，其中一人不能忘记对方，陷入单相思。

四、离婚后的单相思。是指离婚后夫妻一方走出了"围城"，留下另一方在"围城"内怀念过去、思念对方。

造成单相思的原因很多，概括起来有以下几点：

一、恋爱错觉

恋爱是一种十分微妙的心理状态，恋爱信息的传递也是千变万化的。它可以分为直接传递和间接传递两种：直接传递的方式比较简单，一般是用语言文字来表达，如谈心、写信。这种传递方式一般不至于引起误解。但是另一种方式——间接传递方式就不同了，在这种情况下，恋爱信息是通过动作而非语言来传递的，例如"眉目传情""暗送秋波"就是如此。正常情况下看人与带着爱的希冀和追求的目光看人是不同的。有心理学家说，一般情况下看人，一两秒后就会转移目光，而且面部表情呆板、平淡；含情脉脉地看人就不同了，往往采取"凝眸"的方式，而且目光盈盈欲语。这种目光，他人可能难以察觉，但当事人却能心领神会。

我们说恋爱的信息传递比较复杂、微妙，这种复杂、微妙的传递方式主要包括凝视、微笑和行动的接近。但是这里你需要区分：是"眉目传情"还是因为你脸上有块墨迹所以人家才盯着你看？是深情的一笑还是礼节性的微笑？是无意的谈话还是有情的搭讪？在有些情况下不容易分得清楚，于是就可能产生"恋爱错觉"。

唐伯虎追秋香，就是因为秋香的三笑向他传递了恋爱错觉，才使他甘愿到华府为奴，最终留下千古佳话。

二、落花有意，流水无情

这种单相思是对方吸引了自己，自己却没有吸引对方。比如，有的人默默地爱上了一位"风流人物"，因为他对任何人都有吸引力，引人注目，而相思者或者没有引起他的注意，或者没有与其匹配的吸引力。

三、缺少沟通

在有的情况下，也许两个人默默无闻地爱着对方，但互相都不知晓，各自的爱尚处于封存状态。还有的人，爱上一个人却没有告诉对方，其实对方如果知道了，也许会同意。这两种单相思都只是暂时的，一旦进行求爱，就可能进入相爱状态。

四、缺乏勇气，暗恋对方

有些人性格比较内向，不善表达，默默爱上一个人，不敢让人知道，偷偷忍受着相思之苦，始终没有勇气表达，最后眼睁睁看着心上人做了别人的伴侣，悔恨终身。

知道了单相思产生的原因，就可以采取以下措施，使单相思转化为双相思。

一、积极出击，求证自己的感觉。如果对方使你产生了单相思的情绪，不要自己埋在心里，不要暗自神伤，要主动地去找机会，探明对方的心意。如果对方和你的想法一致，那么你就会获得爱情；如果是错觉，经过你的努力，也许会"弄假成真"。

二、鼓起勇气，大胆表白。爱情就是一门表现的艺术，只要你想一想，对方也需要爱情，你的表白正好满足了对方的需要，那么你就会成为受欢迎的对象。

三、学会沟通。如果你真的爱一个人，不管是你还没有向他表白，还是你们已经分手、离婚，都应该把你的真实想法告诉他，让他明白你的心意。

四、提升自己，与对方并驾齐驱。如果你所爱的人各方面都比你强，要想获得他的欣赏，你就得以他为目标，以他为动力，努力提升自己。

笔者认为，爱情有一种惯性心理，爱上某个人就会从自己的实际情况出发，在心里进行衡量。一般来说，真正的单相思都有某种转化为双相思的可能性，只要能够实事求是，积极主动地把内心的思念转化为外在的行动和表现，你总会得到爱的回报。

4. 但愿人长久，千里共婵娟

——天下没有不散的筵席

◎ **出处**

苏轼《水调歌头·明月几时有》

◎ **原文**

……

明月几时有？把酒问青天。不知天上宫阙，今夕是何年。我欲乘风归去，又恐琼楼玉宇，高处不胜寒。起舞弄清影，何似在人间。

转朱阁，低绮户，照无眠。不应有恨，何事长向别时圆？人有悲欢离合，月有阴晴圆缺，此事古难全。但愿人长久，千里共婵娟。

◎ **译文**

……

明月从什么时候才开始出现的？我端起酒杯遥问苍天。不知道在天上的宫殿，何年何月。我想要乘御清风回到天上，又恐怕在美玉砌成的楼宇，受不住高耸九天的寒冷。翩翩起舞玩赏着月下清影，哪像是在人间。

月儿转过朱红色的楼阁，低低地挂在雕花的窗户上，照着没有睡意的自己。明月不该对人们有什么怨恨吧，为什么偏在人们离别时才圆呢？人有悲欢离合的变迁，月有阴晴圆缺的转换，这种事自古来难以周全。只希望这世上所有人的亲人能平安健康，即便相隔千里，也能共享这美好的月光。

◎ 赏析

"人有悲欢离合，月有阴晴圆缺，此事古难全。"月亮圆缺是自然规律，悲欢离合也是人间常事。团聚的时光人人留恋，但人生的分离在所难免，古龙在《离别钩》中写道："相聚是等待离别，而离别是为了相聚。"是啊，没有离别，哪来相聚？既得相聚，又怎能永不分离？只不过是间隔时间长短罢了。人生就像天上的白云，聚了又散，散了又聚，世间没有所谓的永恒，天下也没有不散的筵席，人生在世不可避免地要接受自然规律的支配，当我们无法改变一件事的时候，不如试着改变自己的态度，与其离别时痛苦彷徨，不如乐观面对。

正所谓"天下没有不散的筵席"，当爱情走到尽头，婚姻这场筵席也就到了该散场的时候，与其痛苦地拖着，还不如痛快地分开。

有这样一个真实而引人深思的实例：

有一对夫妇，丈夫曾八次提出离婚要求，而妻子就是不同意离婚。因为在法院判决中女方总是胜诉，就这样一直拖了三十年。三十年的岁月过去了，这位妻子的青春年华在拖延中慢慢消逝了，乌黑的头发已成白发，红润的脸颊也被刻上了一道道岁月的痕迹，身体也被这些年所受的委屈折磨垮了。

在妻子的坚持下，婚姻仍然存在，然而爱情早已荡然无存。她失去了幸福的家庭，失去了自己的青春，失去了健康的身体，孩子也没有因此追回父爱。

到最后，法院还是判决二人离婚了。离婚后不到两年，这个不幸的女人就因病情加重而离开了人世。

爱情全靠缘分，缘来缘去，不一定要追究谁对谁错。爱与不爱又有谁可以说得清？当爱着的时候，只管尽情去爱；当失去爱的时候，就潇洒地挥一挥手吧！人生短短几十年而已，自己的命运把握在自己手中，没必要在乎得与失、拥有与放弃、相聚与分离。

雨果在十七岁那年，与门当户对、年轻貌美的阿黛·富谢订婚，三年后两个人结婚。阿黛是个画家，与雨果共同养育了五个儿女。这本应是个幸福的家庭，可是婚后的第十年，阿黛另结新欢，追随一位作家而去。这使雨果备受打击，十分痛苦。次年，他结识了女演员朱丽叶·德鲁埃，坠入爱河，这才使他那颗伤痛的心得到抚慰。

阿黛离开雨果后的生活并不幸福，经济一度很拮据，几乎到了举步维艰的地步。她曾精心制作了一只镶有雨果、拉马丁、小仲马和乔治·桑四位作家姓名的木盒，到街头出售，可是因为要价太高，一直无人问津。一天，雨果从那儿经过看见了，就托人过去悄悄地买下来，如今这只木盒仍陈列在巴黎雨果故居展览馆里。

爱是无私的，经过了一段忧伤的岁月之后，雨果将怨恨化作了一种内心的安宁，这种安宁又变成了一种高层次的美。然而有些人，却会在感情破裂以后相互怨恨、指责谩骂，甚至大打出手，采取野蛮的报复手段。这些都是极其不理智的行为，甚至可以说是对爱的亵渎。

当爱情真正离你远去的时候，也不必太过悲伤。要时刻铭记，人的生命中还有很多宝贵的东西，比如说你的梦想。爱情的破裂不应该抹去梦想的绚丽色彩，相反，你应该投入更多的热情在你的梦想之中，这样不仅可以转移你的注意力，更重要的是可以让你发现自己真正的价值。

有人曾经给爱情下过这样的定义：爱，就是他爱你的时候你爱他，他不爱你的前一分钟你不爱他。

在不同的环境中，人类的情感是流动的，我们今天所爱的，往往会成为我们明天所恨的；我们今天所追求的，往往会成为我们明天所逃避的；我们今天所期望的，往往会成为我们明天所担心的，甚至是害怕的。因此，在某些不可能的或是不易把握的情况下，我们该放手时要学会大胆地放手。

如果我们要放弃的和想得到的都是好东西，那怎么办？有这种想法是因为我们太贪心。真的是这样，我们在本质上是贪心的，贪心常常蒙蔽真心。世界上不会有那么好的事，我们往往只能在一个时刻选择一样东西。

有一句老话："有得必有失"，也许这样才符合能量守恒定律。

其实在生活中，当你选择留给对方一个不再回头的背影时，并不代表自己不想和他永远缠绵；选择改写和对方厮守到老的结局，也不代表心里不想和他一起实现当初的梦想。

当你选择一个人时，是因为他爱你；不选择一个人，是因为你不爱他。

蓬勃的生命力需要情感的滋养，而充沛的情感来自生活的挑战和刺激。没有生活的磨炼，没有痛苦的体验，情感世界必然单调、乏味，人生也会变得苍白。苦难的生活既能磨炼、净化人的心灵，使人的情感得以升华，也能让人真正懂得什么是痛苦、什么是幸福。体验过痛苦，才能品尝到之后的欢乐和幸福。

爱，是两个人因为相爱而结合的产物。在相爱的那一瞬间，也许谁都不会想到，有一天这段美好的爱情可能会走到尽头。但是俗话说得好，强扭的瓜不甜，爱情也是如此。相爱的时候甜如蜜，但是一旦有一方觉得不合适的时候，爱情就会在瞬间变成一颗难以下咽的苦瓜，苦了他也苦了你。此时，你如果依然不懂得放手，那么每天都将忍受爱情带来的苦涩。

所以说，人生永远处在得失之间。在得到的同时失去，在失去的同时也可能会得到别样的幸福。任何事都不可能是十全十美的，何况是人世间最复杂的情感呢？放下过去，说不定就会遇到一段更加美好的爱情。

5. 两情若是久长时，又岂在朝朝暮暮
——多给彼此一些空间

◎ 出处

秦观《鹊桥仙·纤云弄巧》

◎ 原文

纤云弄巧，飞星传恨，银汉迢迢暗度。金风玉露一相逢，便胜却人间无数。

柔情似水，佳期如梦，忍顾鹊桥归路。两情若是久长时，又岂在朝朝暮暮。

◎ 译文

纤薄的云彩在天空中变幻多端，天上的流星传递着相思的愁怨，遥远无垠的银河今夜我悄悄渡过。在秋风白露的七夕相会，就胜过尘世间那些长相厮守却貌合神离的夫妻。

缱绻的柔情像流水般绵绵不断，重逢的约会如梦影般缥缈虚幻，分别之时不忍去看那鹊桥路。只要两情至死不渝，又何必贪求卿卿我我的朝欢暮乐呢！

◎ 赏析

"两情若是久长时,又岂在朝朝暮暮。"天长地久的爱情并不意味着耳鬓厮磨、朝朝暮暮的厮守,情长不在朝暮,应该适当地给彼此一些空间。

手上的沙子握得越紧,流失得越快,夫妻之间也是一样,要留给彼此一定的空间,婚姻生活才能更加和谐。

恋爱时,两个人你侬我侬,一天几十个电话不说,饭一块儿吃,路一块儿走,书一块儿看,形影相随。可是结婚后,两个人好像都变了,结婚前约好每周看一次电影,现在一个月看一次就不错了;答应下班和自己一块儿去逛商店的丈夫,却和朋友喝酒到深夜……有时候也想跟对方坐下来聊聊,却发现无话可说,甚至刚说上两句就开始了争吵。最后两个人被搞得筋疲力尽,婚姻生活也由浓浓的咖啡变成了毫无滋味的白开水,难道真应了那句"婚姻是爱情的坟墓"?

事实上,对于两个人来说,爱情犹如橡皮筋,不能总是绷紧了不放松。爱情亦如大脑的神经系统,时间长了一定是要歇一歇的。刚步入婚姻的年轻人,往往既想保持恋爱时的浪漫和甜蜜,又想衣食无忧、无牵无挂。实不知柴米油盐酱醋茶,样样要操心,两个人都很疲惫,这时如果再不分时机地黏着彼此,后果可想而知。况且,爱情不可能一直处于"巅峰"状态,夫妻之间的爱情总会回归平淡,但是,平淡的感情并不排斥高潮的出现,重点在于夫妻双方保持一定的空间。

保持一定空间的好处在于:夫妻的短暂分离使爱情暂时处于相对平静的状态中,如人在疲惫时想要休息一下一样,醒来了,精力更充沛。爱情"打个盹儿"后,彼此心中会浮现对爱人的悠悠思念,好像回到了刚开始恋爱的时候。因此,爱情的发展需要更新,若总是如新婚前后那样形影相随、如胶似漆，早晚两个人会产生倦怠心理。让爱情歇歇脚吧！尽管爱情是我们生活中的一项重要内容，但绝非唯一的内容。夫妻双方还要承担更多的责任，需要足够的精力去完成。如照顾双方父母、抚养孩子，都需要夫妻两个人共同参与。同时，夫妻双方作为独立的个体还要承担各自的社会责任，为社会作出应有的贡献。可见，爱情是维系于现实生活中的，解决了婚姻和家庭中的许多实打实的问题，爱情才能有根基。总之，爱情不能脱离生活。

实际上，许多人都有过这样的体验——距离产生美。人若长期接触同一个事物、同一种工作，就会产生疲劳感，即使是一首很美妙的音乐、一幅很美的图画，如果每天听、反复看，原先的美感也会逐渐消失。同样，如果每天重复着同样的毫无变化的婚姻生活，两个人天天黏在一块儿，彼此也难免产生厌倦感。所以，不要时刻都在一起，适当地保持一段距离，对两个人的感情是很有裨益的。

很多人的婚姻出现问题，甚至最终走向离婚，并不是因为外部因素，而是夫妻双方的问题。

张娣十分爱自己的丈夫，她为了支持丈夫的事业，放弃了工作，使自己失去了事业依托，而在丈夫事业有成后，她更是将人生所有的希望都寄托在了丈夫身上。然而她发现，越想抓牢婚姻就越是抓不牢，最终这场婚姻还是失败了。

其实，婚姻中的男女应该是独立的个体，拥有自由的私人空间，拥有自己的朋友、自己的爱好、自己的事业。不应该过度依赖对方，从而失去自我。在感性的爱情里也不要忘记留存一点儿理性的生活空间，不要试图去控制他人，因为这世上没有任何一个人愿意成为他人的傀儡。有一个小故事很好地说明了这个道理。

一个女孩在结婚前问她的母亲："在婚姻里，我应该怎样把握爱情呢？"母亲没说什么，只是找来一把沙，递到女儿面前，女儿看见那捧沙在母亲的手里，没有一点儿流失，接着母亲开始用力将双手握紧，沙子纷纷从她的指缝间泻落，握得越紧，落得越多，待母亲再把手张开时，沙子已所剩无几。女孩看到这里，若有所思地点点头。

经营婚姻的道理与此相似，要想让婚姻长久、美满、幸福，那就不要每天"盯着""看着""防着""握着"，最重要的是别把婚姻"抓"得太紧！夫妻间有所保留，不能视为对爱情不忠，这反而是一种夫妻相处的艺术。夫妻双方就像两只相互依靠、彼此取暖的刺猬，远了，温暖不到对方；近了，会被对方身上的刺扎到。于是，只好在一次次的冲突之后，慢慢调整彼此间的距离。

某一天的早晨，孟先生在临出门之前突然说，今天要和朋友出游。以往去哪里，即使孟太太不过问，他也会随口告诉她。可这一次，孟先生连招呼都不打一声就宣布出门，她有些生气。出游这件事，一定是事先约好的，至少前一天就约好了，他为什么不说一声？他还有多少事瞒着自己？孟太太心里不悦，拦住孟先生让他说清楚。孟先生这时也生气了，嚷嚷道："我的吃喝拉撒睡，是不是都得向你汇报？"然后摔门而去。

孟太太开始赌气，在接下来的几天里，不管是晚回家、和朋友吃饭，还是去娘家，她都不告诉孟先生，也闭口不问他的一切事情。孟先生终于忍不住了，跟太太说："我现在才知道，你丝毫不在意我，是吗？"

"你不是说吃喝拉撒睡都不用向我汇报吗？"孟太太狡黠一笑。孟先生愣了一下，也跟着笑了起来。此后，孟先生有事外出都会提前跟孟太太说一声，让她放心。

我们和朋友一起出去吃饭，大家点菜总是以适量为原则，宁可少点一点儿，吃得舒服就好，胃有空间心灵才有空间。同样，对待感情，夫妻之间的相处也是"半饱"为好，彼此都有空间才不会局促无奈。不过，空间的距离很好测量，心理的距离却难以把握。爱情的安全线，恰恰是看不见、摸不着的心理距离。有些时候，真的就是这样，夫妻双方因为爱而彼此走近，近得不分你我，于是走进婚姻，长相厮守。此后，彼此的距离在不知不觉中被一点点拉开，正所谓"亲密有间"。

给彼此一些空间，不要以为走进了婚姻就像走进了坟墓，夫妻双方都要有独立的生活圈和兴趣爱好，偶尔忙忙自己的事情也未尝不可。这样不至于两个人天天拴在一起，从熟悉到产生陌生感，再到无话可说。距离产生美，婚姻生活的保鲜也需要距离。

6. 枝上柳棉吹又少，天涯何处无芳草
——何必单恋一枝花

◎ 出处

苏轼《蝶恋花·春景》

◎ 原文

花褪残红青杏小。燕子飞时，绿水人家绕。枝上柳绵吹又少，天涯何处无芳草！

墙里秋千墙外道。墙外行人，墙里佳人笑。笑渐不闻声渐悄，多情却被无情恼。

◎ 译文

花儿残红褪尽，树梢上长出了小小的青杏。燕子在天空飞舞，清澈的河流围绕着村落人家。柳枝上的柳絮已被吹得越来越少，但不要担心，到处都可见茂盛的芳草。

围墙里面，有一位少女正在荡秋千，少女发出动听的笑声，墙外的行人都可听见。慢慢地，围墙里边的笑声就听不见了，行人怅然若失，仿佛多情的自己被无情的少女所伤害。

◎ 赏析

爱情有多美好，失恋就有多伤人，失恋会对心灵造成巨大的伤害：撕心裂肺的痛苦，萎靡不振的失落，迷茫无助的悲伤……虽然爱情受挫令人郁闷，但是失恋也不意味着世界末日，正如苏轼所说的"天涯何处无芳草"，又何必单恋一枝花呢！

姻缘并非你所能够左右的，不是每个人的爱情都能一帆风顺，失恋也是正常的。有时候，你追求一个人怎么都追不到，那是因为他原本就不属于你。所以，倘若对方执意分手，或者你认为到了该分手的时候，那么就释然吧。不要因为失恋太过伤心，更不要因此放弃追求爱情。应该去继续叩响爱情的大门，或许那个真正能给你幸福的人，就在不远的前方等待。

有人说，觉得失恋痛苦的人，是因为在感情中付出太多，回不了头。也有人说，失恋给人的感觉就像嘴里长了溃疡，越痛越想去舔，结果越舔越痛。其实，人是在失恋中成长的，失恋能让人及时调整自己的生活习惯和思维方式，会让人更加懂得如何去爱。

每一段初始如烟花般美丽的感情,到分手时都免不了变成一堆灰烬。看穿了,失恋不过是两个不再相爱的人必经的一段路。所以,面对分手时就应该如一首歌中所唱:"放下迷恋,关上昨天……当爱已划出界线,应该有人说再见……自由是泪水的另一面,谢谢你给了我成熟的机会。"

对于失恋,每个人都有各自不同的感受,但在一点上非常有共识——失恋不能失态。

看过《瘦身男女》的人一定都记得,里面美丽苗条的女主角,为了一个男人而患上暴食症,胡吃海塞,把自己变成了一个大胖子。其实她早该明白,可以失去一个人,但绝对不能因为一个人而丧失对未来生活的信心,绝对不能因为这段感情而失去对爱情的向往,也不能因为这个人的"不选择"就全盘否定自己。

丽丽30岁了,是一个程序设计员,有一个相恋三年的男朋友。她一直以为爱情不需要那一张纸来约束,以为这份爱情的程序是由她来设计的,自然就会依照她的想法走,但最终爱情还是逃走了。丽丽消沉了许久,每天不修边幅,随便拿件衣服就套在身上。直到有一天,丽丽突然发现镜子里的自己有一对熊猫眼,皮肤蜡黄,邋遢得要命,她才知道不能再沉沦下去了。

丽丽开始坚持去美容院,每当看到自己日渐美丽白皙的肌肤,她内心的郁闷和压抑就减少了一点点。丽丽还为自己制订了健身计划,她参加了健身俱乐部,每周练一次健美操、一次瑜伽和一次拉丁舞,剩下的几天就在俱乐部的健身器械上跑跑步,让教练一对一地指导。就这样,三个月下来,丽丽整个人都轻松了很多,健康快乐了很多。

恋爱是一次已完成的选择,失恋面对的是即将到来的选择。丽丽的选择是正确的，失恋了，她没有因此沉沦，而是在失恋后收获了更好的自己。而这段自我成长的日子，让她在面对未来的时候充满了信心。既然爱情无法挽回，那么，你一定要找回自己，甚至要让自己变得更加优秀。虽然世上没有清除失恋之痛的良药，只有期待用时间来抚平伤痛，但我们可以用一些积极的行动来保持自信和尊严，减少自我伤害，继续前行。如何早日抚平失恋的伤痛，走出感情的旋涡呢？以下便是几个实用的方法：

一、乐观地看待分手

分手之后不要沮丧，不要后悔，换个角度思考，幸亏已经分手了，不然这个人还会继续伤害你。你不用再为这个根本不重视你的人难过，正所谓长痛不如短痛，你应该站起来，重新开始。

二、转移注意力

离开那个伤心的地方很容易，远离难过的心情就不容易了，这时候你需要转移注意力。报个兴趣班去上课，让自己的生活充实起来，没有时间再去回首过去；去旅行，短途或长途都无所谓，找个陌生的地方，好好地放松自己，说不定还会有新的收获；去做志愿者，把你的伤心化作动力，看到被帮助的人们的笑脸，你会感到你的付出是有回报的，然后忘了那个根本不在意你的人。

三、凝视前方不回首，保持尊严

你知道他通常会在哪里出现，所以准时地出现在那里，希望和他不期而遇……不要这么傻了，不要让你的心再有任何期待了。不要去找他，不要与他联络，不要再眷恋过往。向前看，向前走！

四、把痛苦倾诉出来

找你最好的朋友，把你失恋后的痛苦、失望全部说出来，别管对方能安慰你多少，能帮你多少，重要的是你要说出来。去找父母，像小时候一样向他们倾诉，然后听听他们的意见。实在不愿意告诉别人，就干脆写下来，不要在意文法、文笔，也不要在意形式，总之就是用文字来倾诉，你会感到前所未有的轻松。

五、要做出不在乎的样子

虽然不可能真的不在乎，但行动会影响内心。可以这样想：他都不在乎这段感情了，我为什么要在乎？对付负心人的最佳办法就是让自己活得更加精彩，你要看我难过痛苦，我偏不让你称心如意。这些想法可帮助我们逃脱不良情绪的旋涡。

六、记得清除他的痕迹

把会让你想起他的东西收起来，无论是你们俩的照片，还是他送你的东西、他用过的东西，别让那些物件唤起你的回忆。这样便可以避免睹物生情，免得让自己伤心。也不要去你们以前常去的地方，以免触景伤情。

七、多想对方的"不好"

把他的缺点写下来：他不体贴人、他爱迟到、他每次答应给你打电话也没打……一项项列出来，越多越好。这样每当你想起他的时候，就会想起他的"不好"。你会觉得失去了这段感情也并不可惜，收起思念怀旧的心情，抛去牵挂与不舍。

八、可以适当地发泄情绪

别让悲痛、挫折感和愤怒一直堆积在心中。要哭，就大声地哭、尽情地哭；要叫，就找个无人之处用力嘶喊；想倾诉，就找知心好友好好谈一谈。但发泄时千万要注意对象，不要随便发脾气，伤害无辜。找不到倾诉之人时，写写日记也不错，把所有的感受都写下来，无论多么难受悲伤，把心里的苦痛都写下来，你会发现自己舒坦多了。

7. 东风恶，欢情薄，一怀愁绪，几年离索

——处理好婆媳关系

◎ 出处

陆游《钗头凤·红酥手》

◎ 原文

红酥手，黄縢酒，满城春色宫墙柳。东风恶，欢情薄。一怀愁绪，几年离索。错、错、错。

春如旧，人空瘦，泪痕红浥鲛绡透。桃花落，闲池阁。山盟虽在，锦书难托。莫、莫、莫！

◎ 译文

红润酥腻的手里，捧着盛上黄縢酒的杯子。满城荡漾着春天的景色，你却早已像宫墙中的绿柳那般遥不可及。春风多么可恶，欢情被吹得那样稀薄。满杯酒像是一杯忧愁的情绪，离别几年来的生活十分萧索。错，错，错！

美丽的春景依然如旧，只是人却白白相思地消瘦。水洗尽脸上的胭脂红，又把薄绸的手帕全都湿透。满春的桃花凋落，在寂静空旷的池塘楼阁上。永远相爱的誓言还在，可是锦文书信再也难以交付。莫，莫，莫！

◎ 赏析

从古至今，婆媳关系都是影响家庭稳定的一个重要因素，婆媳间的矛盾甚至可能导致夫妻婚姻破裂，感情的创伤永远都无法抚平。婆媳关系就像是一场没有硝烟的战争，在由远及近的时光隧道中无休无止地上

演。因此，学会处理好婆媳之间的关系，无论是对那些尚未走进婚姻殿堂的青年恋人，还是在婚姻之舟上的夫妻，都是一门必修课。陆游在这首哀伤愁苦的《钗头凤·红酥手》中所记录的情感遭遇就是我们的前车之鉴。陆游在二十岁时娶唐婉为妻，夫妻恩爱，感情甚笃，但其母不喜欢这个儿媳，生生将两个人拆散，陆游被迫再娶，唐婉亦无奈改嫁。几年后二人在沈园邂逅，前尘往事如潮水般涌现，于是陆游在沈园墙壁上写下了在这场婚姻中痛苦而又无奈的心情。

在中国，婆媳关系是一种特殊的家庭关系。它既不像夫妻关系那样亲密，又不像母子关系那样有稳定的血缘纽带。它实际上是一种通过拥有儿子、丈夫双重身份的男性而发生的间接"血缘—亲缘"关系。婆媳关系同其他直接的家庭关系比较，天然的"内聚力"——"爱"明显较低，这也在客观上导致了婆媳关系的特殊性。

在传统的中国家庭中，婆媳关系非常重要，有时会直接影响整个家庭的氛围。然而在我们的家庭生活中，往往最难相处的就是婆媳。这是因为从习惯上来讲，媳妇是一个"外来人"，她的到来使男方家庭里的其他人一时很不适应，特别是婆婆。作为男方的母亲，她会觉得儿子与自己一下子疏远了，被媳妇夺走了。正是这种心理，使得婆媳关系变得紧张，难以协调。

当人们听到或遇到婆媳冲突时，通常会有两种评价：一是媳妇不敬老，对老人不孝；二是婆婆不讲理，待小辈苛刻。其实，排除一些特殊情况，这两种评价在很多时候都有失公允。

冲突的起因虽然从表面上看来各种各样，但是究其根源，主要有两点：

一是源于婆媳生活观念、生活方式和生活目标的不同。婆媳之间年龄相差几十岁，她们生活的目标、方式和观念都有着很大的差异，如果她们都认为自己的主张和方法是对的，都要实施自己的设想，就难免产生冲突。

二是婆媳的心理不同。儿子爱上一个女人，做婆婆的不甘心自己不再是儿子生活中占第一位的女人，她觉得自己是母亲，有权享有儿子全部的爱，而做妻子的则认为自己对丈夫有比婆婆更多的权利。基于以上不同的心理，这个家的归属问题就出现了分歧：做母亲的认为儿子的家就是自己的家，起码儿子的小家仍归属于原来的大家，而做媳妇的则认为小家是个完全独立的家。

明白了根本分歧，再回过头来重新审视自家的婆媳冲突，就会发现它也许不是一件坏事，甚至从某种程度上说有利于婚姻。

一对夫妻在建立家庭的初期，很重要的就是建立一种秩序。建立夫妻共同认可并愿意付出努力的生活方式、生活观念和生活目标。而这种"共同"的秩序会把夫妻紧密地联系在一起，打造美满的婚姻。在这个过程中，最忌讳的就是外界的干扰和某一方意志的强加。所以小家庭的矛盾有助于夫妻分别从他们原有的大家庭中独立出来，形成一个新的单位，达到一种紧密的"共同境界"。

这样做，有时也是为了使夫妻两个人组建的新家庭与他们的原生家庭有一个良好的关系。人们往往用亲密无间来形容和谐的家庭关系。但当我们以冷静的目光来看待这种"亲密无间"时，便会发现它是乌托邦式的幻想。"无间"是摩擦的基础，往往有害无益。事实上，两个家庭之间应该保持一定的距离，以超然、独立，关心而不干扰的态度相互对待，不去试图了解对方的每一件事、每一个想法，尊重对方的某些习惯，不强求对方改变。虽然这看上去有些冷漠，但是往往可以减少许多无谓的冲突，增进家人感情的亲密度。

在这种分离的过程中，刚开始母亲也许会把分离的"罪责"加在妻子身上，但这并不可怕，等夫妻两个人与各自的家庭建立起一种新的关系与距离之后，你们会发现很少再为这种婆媳冲突感到不安了。你们和对方父母虽不那么亲近，却对他们更加宽容了。至于那些使你们厌烦的劝告，即便不一定照做，你们也会耐心地倾听，因为你们已经有了自己的生活方式了。

另外婆媳矛盾之所以产生，是由于一些现实因素，而中间的那名"轴心男子"，不论知道或不知道，调解或不调解，并不能改变什么。关键还是婆媳两个人要意识到这种矛盾不仅会影响两个人的感情，还会伤害她们都深爱着的人以及这个家庭。如果能够这样去想，就会自觉地进行心理调节，有意识地去互相沟通，实现彼此之间的和睦相处。

美国心理学家朱蒂丝·巴威克在《过渡时期》中写道："一个人越是信任这种关系，他就越觉得在这种关系中改变自己是一件可以应付自如的事。"

婆媳关系，首先应该是一种信任关系。而这种信任也应该建立在互相理解的前提下，婆婆和媳妇都能做到善于发现对方身上的优点。婆婆能够放下自己的架子，接受媳妇的"教育"；媳妇也能认真地听一听婆婆的建议。相互学习，共同完善，这样婆媳关系才能更好。

婆婆和媳妇如果想很好地生活在一起，就要提高自己对于家庭的责任感，同时还要互相信任，并在此基础上培养互爱之心。这就要求婆媳在家中能做到以下几点：

一、卸除"婆"与"媳"的沉重包袱

两个女人应该放下对立意识，卸除"婆"与"媳"的沉重包袱，重新把对方还原至一个"人"的位置。设想对方是今生有缘遇到的一位朋友，从这样的基点出发，也许婆媳故事可以重新改写，并有迈向类似母亲与女儿关系的可能性。

二、与对方成为朋友

不论婆婆还是媳妇，当其中一个人想要和对方拥有平等关系的时候，便有了和对方成为朋友的可能性。婆媳之间若能像朋友一样，互相信任，互相照顾，彼此都愿意听对方说话，并善于发现对方的优良品质，关系自然会好起来。

要做到婆媳如朋友，最难的就是婆婆，她首先要放下架子，不要以婆婆的高位自居，这样才有可能使媳妇放下内心的戒备。所以，那些在生活中经常指责和嘲笑媳妇的婆婆，一定要明白这些都是导致婆媳不和的关键因素。

三、双方都把注意力放在重要的事情上

在生活中，很多婆媳吵架，都是因为一些鸡毛蒜皮的芝麻小事，也有的是因为一些无关紧要的蝇头小利。实际上，她们都不愿意接受对方对自己在一些琐事上的责难。

婆媳之间不应该过于看重这些无足轻重的事，而应把注意力集中在生活中更重要的事情上。比如，婆婆不要总盯着媳妇在饭桌上的吃相，媳妇也不要总觉得婆婆唠叨。

宋女士将家庭生活经营得很好，她说："看电视时，我很喜欢看经典电影和电视剧，而婆婆却并不喜欢看。她每天早早地就坐在电视前看已经播放过很多遍的小品，而且看得津津有味。每当我被这些噪声弄得快要发狂的时候,我就想起婆婆在其他很多方面的通情达理,以及对我的照顾。既然她想看这些节目,就让她看吧。这样一想,我的心情就平静了下来。"

四、劝说要温和

婆媳关系相处得好,是一点一滴得来的;相处得糟糕,也是一点一滴形成的。所以婆婆和媳妇在处理一些问题时,说话要尽量温和,并考虑对方的接受能力。

五、树立一个好的榜样

婆媳无论哪一方,都要相信将心比心的说法。当你要求别人对你好时,你自己首先要对人家好。作为婆婆,要想培养媳妇的善良和勤俭,自己首先就要做到善良和勤俭。

六、不要害怕和拒绝改变自己

社会在不断变化,人与人之间的关系也在不断地改变。所以不论婆婆或媳妇,都不要害怕自己为对方做某些改变,不要认为这些改变是自己做出了牺牲,其实这只不过是你对生活做出的一些相应的调整,也证明你在积极地适应生活。

在家庭中,婆婆和媳妇如果能够做到以上几点,真正地信任对方,诚心诚意地帮助对方,一定能够营造更加和睦的家庭氛围。

8. 衣带渐宽终不悔，为伊消得人憔悴

——选择了就要无怨无悔

◎ **出处**

柳永《蝶恋花·伫倚危楼风细细》

◎ **原文**

伫倚危楼风细细，望极春愁，黯黯生天际。草色烟光残照里，无言谁会凭阑意。

拟把疏狂图一醉，对酒当歌，强乐还无味。衣带渐宽终不悔，为伊消得人憔悴。

◎ **译文**

我伫立在高楼上，细细春风迎面吹来，极目远望，不尽的愁思，黯然弥漫天际。夕阳斜照，草色蒙蒙，谁能理解我默默凭倚栏杆的心意？

本想尽情放纵喝个一醉方休，但当在歌声中举起酒杯时，才感到勉强求乐反而毫无兴味。我日渐消瘦也不觉得懊悔，为了你我情愿一身憔悴。

◎ **赏析**

"衣带渐宽终不悔，为伊消得人憔悴"，这句话描绘了痴情人的相思之苦。情有独钟，专一执着，虽然衣带渐宽、面容憔悴，也心甘情愿、无怨无悔。

在这个充满诱惑的世界里，许多人对爱情有太多的渴望，有太多的幻想。其实有些时候，浪漫并不代表爱情，现实生活更需要细水长流的陪伴。

她是中文系的才女，追求她的男生如过江之鲫。

他和她一同来自偏僻的山区，他的勤奋和优秀在校园里同样出名。他一入学便暗恋上了她，但始终不敢表白，只是像个跟班似的，心甘情愿地听她吩咐，帮她干这干那。

入学没多久，她便努力使自己的一举一动都像一个地道的都市女孩，背地里还笑他"仍是那么老土"。大二那年的情人节，外语系的林辰用一束鲜艳欲滴的玫瑰打动了她的芳心，她很快爱上了那个嘴甜的男生。

他急了，提醒她道："有些玫瑰并不代表爱情啊！"

她不耐烦地抢着说了一句："可有的人连玫瑰都送不起呢！"

林辰凭着殷实的家境，潇洒地请她去吃精美的大餐，去高档的娱乐城，去超市购物满载而归……她的虚荣心像肥皂泡沫一样膨胀起来。对于他善意的提醒——"林辰是一个花花公子，是靠不住的"，她根本听不进去。

因为恋爱，她已经有好几门功课亮起了红灯，他想找她坐下来好好谈谈，可她总是一副无所谓的样子，两个人总是谈不到一起。

有一天，她走在校园里，发现林辰正和一个她不认识的女生牵手散步，甚至没装模作样地问候她一句。她伤心地质问林辰为什么辜负她，林辰则痛快地甩给她一千块钱，算是给她的补偿，然后跟那个女生扬长而去。

后来，任凭她如何苦苦哀求，也没挽回林辰迷失的心，她攥着林辰扔下的一沓钞票，欲哭无泪。

情场和学业都惨败的她找到了因成绩优异而留校的他，诉说自己经历的痛苦。

他牵起那双纤细的小手,柔声说道:"你真傻!"

"是的,我真的很傻,我现在才知道什么是可贵的,然而已经晚了……"

"不,就像玫瑰并不代表爱情,过去也不代表现在,更不代表将来。"他深情的目光里,正流淌着阳光一样温暖的爱意。

依偎在他的胸前,她蓦然发觉,那温暖的胸膛,足以抵过成千上万朵玫瑰。

每一个女人在选择自己一生的伴侣时都有不同的标准,也许正因为这些标准不同才导致了不同女人的不同命运。如果说这里面也隐含着对和错的话,那么这对和错不在于缘分,而在于选择的标准。

当一个人对另一个人充满好感时,会觉得对方什么都好,浑身都是优点,这就是所谓的"情人眼里出西施"。把对方理想化,是热恋中的人容易采取的做法。但婚后,感情的炽焰慢慢熄灭,理性开始慢慢抬头,我们会逐渐冷静下来,重新审视对方与自我,因而会发现,对方有着自己以前没发现或发现了也不在乎的缺点,此时便会产生"上当受骗"的感受,其实对方又何尝不是这样想的呢?

那么,理想的伴侣应该是怎样的呢?

一、温和

性情暴躁、脾气乖戾的男人,人人都会对他敬而远之,女人更是避之不及。没有好人缘,更没有情缘,这种男人往往处处被人孤立,时时受到冷落。

而性格温和的男人,怀着一颗和善之心,易于亲近,处处体现着体贴和关怀。这种男人的另一半在温情的感染下沐浴幸福,自然心里充满爱意。

二、深沉

深沉是内在的精神修养,是阅历丰富的男人经过磨炼获得的独特魅力。为什么女人通常在选择伴侣时喜欢成熟的男人?可能正是被他的深沉和涵养所吸引。

深沉并不是沉默寡言,有的女孩最初也被沉默不语的男人吸引,但是经过接触她可能发现,他的沉默或是因为没有思想、拙于言辞,或是因为没有主见。

真正的深沉是一种经验,是一种深思熟虑。男人切忌夸夸其谈、口无遮拦。深沉还是一种稳健的风度和一种少年老成的魅力,是担大任的素质。女人更喜欢深沉的男人,看重的是其发展潜力,值得终身相许的,自然是能成大器的男人。

三、可靠

有首歌中唱道:"女人爱潇洒,男人爱漂亮。"潇洒漂亮,却不一定可靠。

男人可靠,说明他待人处世的可信度强。在事业的发展上,缺乏令人信任的品质,就很难获得成功的机遇,毕竟没有一个上司愿意任用不可靠的下属,也没有人愿意找不可信的人合作。在情场上常打败仗的,恰恰是那种无法赢得女人信任的男人。

什么样的男人不被信赖?

他或是能力低下,或是办事不够细心。事业上,上司不敢委以重任,怕他力不从心;情场上,女人不能依靠,难以相伴一生。

因此,可靠是男人的美德之一,也是男人最大的魅力。

四、刚强

刚强的男人就像一根擎天柱,百折不弯,任凭风吹雨打。有的人说，爱情就像经不起一发炮弹的木帆船，哪个女人敢于登上这样脆弱的木船去经历几十年的婚姻风雨？然而刚强的男人能造大船，他能挺立船头为家庭遮风挡雨。感情的波折、家庭的困难，一遇刚强，都能化险为夷。这种安全感是只能从刚强的男人那里才能得到的，他永远不会做逃兵。

五、果断

按照中国人的传统观念，女人更喜欢处事果断的男人，不想让自己的伴侣优柔寡断，办事拖泥带水。

果断的男人令女人尊重，特别是在伴侣眼里，唯唯诺诺的男人，显得软弱可欺、没有骨气；挺起腰杆、说话掷地有声的男人，令人顿起敬意。有主见的男人，敢想敢为的男人，更容易获得女人的尊重。

果断的男人更有魅力，他们叱咤风云、指点江山，有领导者风度。

六、责任感

责任感强的男人尊重他人，不自私自利。这样的男人勇于挑重担，迎难而上，决不推卸责任。他不贪享受，不图安逸，不损人利己；他助人为乐，关怀弱小，疼爱妻儿，处处获得尊重。与这样的男人相爱相守，女人会有强烈的荣誉感。

责任感是男人拥有的一种高尚的品德，富有责任感的男人一定是个好丈夫，他尊重爱情，忠于婚姻。得到尊重的女人，能够保持人格独立，获得身心自由，从而无畏地追求人生价值。

七、独立性

独立性是一个人成熟的标志，是立身之本。因此，人最重要的品质之一就是精神独立，即拥有独立的人格。

女人不喜欢没有主见的男人。有的男人总是被别人左右，谈朋友、找工作都听父母的，整天把"我妈说如何如何""我姐说如何如何"挂在嘴边，令女友极其反感。还有的男人整天混在人群里，到处充当随从角色，人云亦云，没有自己的观点。

男人有了独立人格，才能安身立命，才能发展自我，才能保护自己的家人。

八、细心周到

细心周到的男人有着绅士风度，与他在一起，女人会受到悉心爱护，幸福感倍增，这样的男人会更有女人缘。

这种男人善于倾听、乐于解答，和风细雨，温情脉脉；他喜欢家庭生活、爱孩子，倾注心血教养子女；他顾全大局，懂得谦让，忍耐力强，不争不抢，不强求他人；他会做家务，勤快主动，一切事情都处理得井井有条。细心周到的男人很讨女人欢心，也许他做不成什么大的事业，但他会全心全意地爱家、爱妻子、爱孩子。

九、事业心

有事业心的男人通常更加以事业为重，追求个人发展。这种男人把爱情与家庭摆在次要地位，并不表示他不重视，他反而更加需要一个温暖舒适的家。

为什么对于一部分男人来说，事业心是最值得骄傲的品格，而女人却把男人的事业心排在她们欣赏的诸多优点之后呢？这是由于时代的变迁，导致女人审美观移位。在封建社会，夫贵妻荣，男人的功名利禄，能够带给女人炫耀的资本。而到了现代社会，女性解放，与男人比肩同行，许多女人的事业心、成功欲不亚于男人。女人自己能够得到的，也就不再感到弥足珍贵了。但是男人的事业心仍是女人相当看重的，没有女人愿意选择一个不思进取、懒惰消沉的男人。

有这些魅力的男人才是女人要找的好丈夫。但是，任何一个人都不可能十全十美，只要在某一个方面能够满足家庭的需要，就可以被认为是一个称职的丈夫。

第四章　人生自是有情痴，此恨不关风与月——理解尊重，爱满人生

第五章 平芜尽处是春山,行人更在春山外——快乐愉悦,幸福人生

"平芜尽处是春山,行人更在春山外",我们将这两句词所写的情景比喻为人生的旅途。在人生漫长的旅途中,也一样充满春意,令人陶醉。这个旅途既发人深省,又使人眷恋不已。但向远处望去,在无垠的原野尽头还有更令人神往的美好,值得我们去追寻。

春山之外不只是行人,更是快乐、愉悦、幸福的人生。

1. 仔细思量，好追欢及早

——丢掉所有的不快乐，就是快乐

◎ 出处

王观《红芍药·人生百岁》

◎ 原文

人生百岁，七十稀少。更除十年孩童小。又十年昏老。都来五十载，一半被、睡魔分了。那二十五载之中，宁无些个烦恼。

仔细思量，好追欢及早。遇酒追朋笑傲。任玉山摧倒。沉醉且沉醉，人生似、露垂芳草。幸新来、有酒如渑，结千秋歌笑。

◎ 译文

人生百年，能够活到七十者少有。十年孩童期、十年昏老期，那中间的五十年又被睡眠（应包含病闲）占去了一半。在清醒着的二十五年中又有诸多烦恼。

仔细想想人生确实时光无多，应该要追欢及早，及时行乐。平日与志气相投的好友们聚在一起饮酒，意气风发，不去计较喝醉了以后的事情。沉醉了就沉醉了吧，人生就好似那芳草上低垂的露珠一样短暂。幸亏近来，有像渑河一样无尽的美酒，能够让我像吟歌千秋一样惬意地度过时光。

◎ 赏析

这首词通过剖析短暂的人生，抒发词人放荡不羁、愤世嫉俗的情怀。无独有偶，王观这首词的基调恰恰与范仲淹所写的《剔银灯·与欧阳公席上分题》一词大同小异。范仲淹的这首词是这样写的：

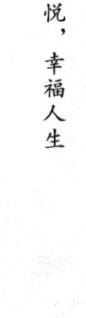

昨夜因看蜀志，笑曹操孙权刘备。用尽机关，徒劳心力，只得三分天地。屈指细寻思，争如共、刘伶一醉？

人世都无百岁。少痴騃、老成尪悴。只有中间，些子少年，忍把浮名牵系！一品与千金，问白发、如何回避？

仔细品读，可以发现王观的《红芍药·人生百岁》深受范仲淹《剔银灯·写欧阳公席上分题》一词的影响，而这两首词所表达的思想感情又与《古诗十九首》中"人生寄一世，奄忽若飙尘"（《之四·〈今日良宴会〉》），"为乐当及时，何能待未兹"（《之十五·〈生年不满百〉》）、"浩浩阴阳移，年命如朝露""不如饮美酒，被服纨与素"（《之十三·〈驱车上东门〉》）的意境何其相似！这几首意味深长、发人深思的佳作，也算是感叹人生苦短，倡导摒弃浮名、及时行乐的思想的历史延续吧！

字典上对快乐所下的定义大多是"觉得幸福或满足"，可是对于快乐，每个人都有不同的定义。

德国著名哲学家康德认为："快乐是我们的需求得到了满足。"莎士比亚说："我认为世上再也没有比怀念好友更愉快的事情了。"对他而言，友谊是像阳光一样美好的东西，令人感到心情愉快。因此，拥有很多朋友便是他的快乐所在。

的确，对于不同的人，快乐的含义也不同。有的人认为吃饱穿暖是快乐，有的人认为家庭和睦是快乐，有的人认为事业成功是快乐……一千个不同的人，就对快乐有一千个不同的定义。因为对快乐的认识不同，所以得到的快乐也不同。快乐不是客观的，而是人主观的一种感受，是不可衡量的。

埃及的国家博物馆里，陈列着一件令人费解的展览品：一只雕刻精美的白玉匣子，大小和我们常用的抽屉差不多，匣内被十字形玉栅栏隔成四个小格子，洁净通透。

玉匣是在法老的木乃伊旁被发现的，当时匣内空无一物。从所放位置来看，匣子是十分重要的，可它是盛放什么东西用的？为什么要放在那里？寓意何在？谁都猜不出。这个谜，在很长一段时间内，让考古学家们百思不得其解。

直到很多年后，在埃及卡尔维斯女王的墓室中，考古学家发现了一幅壁画，这才破解了玉匣的秘密。

壁画上有一位看起来很严肃的男子，正在操纵一架巨大的天秤。天秤的一端是砝码，另一端是一颗完整的心。这颗心是从一旁的玉匣子中取出的。

原来在埃及的古老传说中，有一位美丽的女性，名叫快乐女神。快乐女神的丈夫，是一位明察秋毫的法官。据说每个人死后，心脏都要被快乐女神的丈夫拿去称量。如果一个人是快乐的，心的分量就很轻，女神的丈夫就会引导那颗心的灵魂飞往天堂；如果那颗心很重，意味着其被诸多罪恶和烦恼填满，快乐女神的丈夫就判他下地狱，永不见天日。

谜底被揭开了，原来白玉匣子是用来盛放人的心灵的。谁的心沉重，死后就下地狱；谁的心轻盈，死后就能上天堂。

快乐很简单，简单就是快乐，随意就是快乐，平平淡淡就是快乐。其实，生活中并不缺乏快乐，只是缺乏发现快乐的眼睛和感受快乐的心。

阳光灿烂的三月，风姑娘带来了春天的消息，鸟儿在树梢欢快地唱着歌，小草伸了个懒腰，偷偷地从泥土中探出了头，沉寂的大森林开始热闹起来。

松鼠爸爸和松鼠妈妈从冬眠中醒来，拍了拍还在打呼噜的小松鼠："宝贝，睡了一个冬天，该起床了！"小松鼠一个激灵坐了起来，揉了揉眼睛，埋怨道："妈妈，我刚才做了一个梦，梦见一个老巫婆把我的快乐抓走了，我再也快乐不起来了！"说完就呜呜地哭了起来。松鼠爸爸对它说："孩子，趁着天气好，你不如出去转转，说不定可以找回你的快乐呢！"小松鼠听了爸爸的话，抽泣着走出了门。

小松鼠沿着山谷里的小溪往前走，刚走进一片小树林，便与一只小白兔撞了个满怀。

小松鼠问："小白兔哥哥，你急急忙忙地干什么去？"

小白兔说："昨夜下了一场春雨，树林里长出了好多好多的大蘑菇、小蘑菇，我正在到处采蘑菇呢！小松鼠，你在这干什么呢？"

小松鼠问："我的快乐不见了。你知道快乐在哪里吗？"

小白兔指了指背上装着满满的蘑菇的小背篓，说："对我来说，快乐就在这里。你和我一起去采蘑菇吗？"小松鼠高兴地答应了。

它们俩手拉着手，一起来到森林里，看见许多的小动物正在开心地玩游戏，小动物们热情地邀请小白兔和小松鼠跟它们一起玩，它们玩得可高兴了。

快到中午了，小松鼠要回家了，它和大家道了别，飞快地往家跑去。妈妈正在厨房里忙着做午饭，小松鼠一头扑进妈妈的怀里，大声地说："妈妈，我找到了我的快乐！"

丢掉所有的不快乐，就是快乐。其实快乐离我们并不遥远，不必刻意追求，它就在我们的身边，只要留心，我们随时都能发现它。

2. 诗酒趁年华

——善待今天，把握这一刻的幸福

◎ 出处

苏轼《望江南·超然台作》

◎ 原文

春未老，风细柳斜斜。试上超然台上看，半壕春水一城花。烟雨暗千家。

寒食后，酒醒却咨嗟。休对故人思故国，且将新火试新茶。诗酒趁年华。

◎ 译文

春天还没有过去，微风细细，柳枝倾斜随之起舞。试着登上超然台远远眺望，护城河内半满的春水微微闪动，满城处处春花明艳。迷迷蒙蒙的细雨飘散在城中，千家万户皆看不真切。

寒食节过后，酒醒反而因思乡而叹息不已。不要在老朋友面前思念故乡了，姑且点上新火来烹煮一杯刚采的新茶，作诗醉酒都要趁年华尚在啊。

◎ 赏析

宋神宗熙宁七年（公元1074年）秋，苏轼由杭州移守密州（今山东诸城）。次年八月，他命人修葺城北旧台，并由其弟苏辙题名"超然"，取《老子》中"虽有荣观，燕处超然"之义。熙宁九年（公元1076年）暮春，苏轼登超然台，眺望春色烟雨，触动乡思，写下了此作。这首豪迈与婉约相兼的词，通过描写春日景象并结合词人感情、神态的复杂变化，表达了词人豁达超脱的襟怀和"用之则行，舍之则藏"的人生态度。

"诗酒趁年华"，进一步表明应该超然物外，忘却尘世间一切烦恼，抓紧时机，借诗酒以自娱；抓紧时机，善待今天。的确，一个人必须努力把握好今天，只有把握好今天，才能拥有美好的明天。

现在的时代，是有史以来最值得骄傲的时代，它包含着人类在过去各个时代的成功与进步：今天的电、声、光等种种科学技术的发明与应用，已把人类从过去简陋的环境中拯救出来；今天的文明，已把人类从过去的不安与束缚中解放出来。在今天，一个普通人也可以享受舒适、良好的生活环境。但是，依然有很多人感叹自己生不逢时，认为过去的时代才是黄金时代。其实，这样想是错误的。

不要让自己过分沉浸于预期或幻想的未来生活中，因为过度的幻想会让你忽视今天，会使正在进行的今天的生活变得枯燥乏味。预期、幻想，虽然可以刺激你对未来的向往，刺激你更努力地做事情，但是，过度的幻想，会让你失去今天的乐趣，破坏你享受当下的机会。

幸福，是一种积累，是由无数个今天堆积而成的。

有些人只看到明天的价值，而看不见今天的价值。当日有行善事的机会，却视而不见，不肯做些小的慈善事业，因为他们正在幻想着等有朝一日飞黄腾达，再捐出一笔大款项。

人们普遍有这种心理，就是将注意力集中在不愉快的事情上，抱怨自己的工资低、嫌弃自己的职位等等，不在现实中寻找快乐，而是在渺茫的未来中憧憬快乐与幸福。其实，这种看待问题的方法是错误的。试问谁可以担保，一旦脱离了现有的位置，你就可以得到幸福；有谁可以担保，今天在哭的人，明天一定会笑？

丹麦哥本哈根大学有一个学生叫乔根，有一年暑假，他去华盛顿旅游。乔根到达华盛顿时，在魏拉德旅馆登了记，他发现自己的账单早已经被人预付了，这使他高兴到了极点。可是，当他准备休息时，突然发现钱包不见了，钱包里装有护照和现金。于是他跑到楼下的旅馆柜台，向经理说明了情况。"我们将尽一切努力帮助你。"经理说。

第二天早晨，钱包仍不知下落，乔根的口袋里只有不到两元的零钱。现在，他孑然一身、飘零异邦，怎么办呢？打电报给芝加哥的朋友，告诉他们所发生的事吗？到警察总局坐等消息吗？突然间，他说："不！我不愿做任何无意义的事情，我要参观华盛顿。我可能再没有机会到这儿来了，我只能在这座美丽的城市待宝贵的一天。况且我还有去芝加哥的机票，还有许多时间解决现金和护照的问题，但如果我现在不去参观华盛顿，我就不会再有这样的机会了。我应该愉快地过好今天！"

于是，他步行出发了。他看到了白宫和国会大厦，参观了一些有趣的博物馆，还登上了华盛顿纪念碑的顶端。虽然不能到华盛顿郊区以及他计划中的其他地方去，但凡是他到过的地方，他都看得很仔细，度过了充实的一天。

回到丹麦后，他回忆起这段旅程，总是很开心。因为他觉得自己没有因为钱包被偷而沮丧，从而失去一天的美好时光。事实证明，在他回国的五天后，华盛顿警察局就帮他找回了钱包，物归原主。

假如你能够像乔根那样，明白只有今天才是真实的，彻悟昨天、今天和明天的关系，就不会沉浸于痛苦中不能自拔，就会把握好今天，把昨天看成是今天的经验与借鉴，明天是今天努力的收获。这样，你的人生就会长满鲜花，你就会愉快地过好每一个今天。

假如在今天，你只能取得1%的幸福，就不必奢望明日能够获得99%的幸福。因为学会善待今天、善待眼前才能得到更多的幸福。

3. 碧云笼碾玉成尘，留晓梦，惊破一瓯春
——培养幸福快乐的心态

◎ 出处

李清照《小重山·春到长门春草青》

◎ 原文

春到长门春草青，江梅些子破，未开匀。碧云笼碾玉成尘，留晓梦，惊破一瓯春。

花影压重门，疏帘铺淡月，好黄昏。二年三度负东君，归来也，著意过今春。

◎ 译文

春天已到长门宫，春草青青，梅花才绽开一点点，未开匀。取出笼中碧云茶，碾碎的末儿玉一样晶莹，想留住清晨的好梦，呷一口，惊破了一杯碧绿的春景。

层层花影掩映着重重门，疏疏帘幕透进淡淡月影，多么好的黄昏。两年第三次辜负了春神，归来吧，说什么也要好好品味今春的温馨。

◎ 赏析

作品的开头描绘出初春的美好景象："春到长门春草青，江梅些子破，未开匀。"词人寥寥数笔，就勾勒出一派新春景象，彰显出春天的勃勃生机，为全词定下了基调。

"碧云笼碾玉成尘，留晓梦，惊破一瓯春。""碧云笼碾"，即碾茶，宋人吃茶都是先碾后煮。"碧云"是形容茶色。春天的景色如此美好，使得词人为之陶醉。她兴致勃勃地取出名贵的"碧云"茶

团，碾碎煎煮。词人本想一边品茗，一边回味早晨的梦境，哪知重温"晓梦"，竟惊破了品茶的雅兴。"惊破一瓯春"的"春"字一语双关，不仅形容出茶色的纯正、香气的馥郁，更暗示了词人的"晓梦"与春景春情有关。

词人描绘的初春好景图，给人一种幸福快乐的感觉。其实，幸福快乐的秘诀就在每个人的心中，每个人都具备使自己幸福快乐的资源，只是许多人没有充分利用这些资源而已。

在我们的生活中，为什么有的人很幸福，而有的人却很痛苦呢？有的人即使大富大贵了，别人看他很幸福，可他自己却身在福中不知福，心里总觉得不快乐；有的人，别人看他离幸福很远，但他自己却时时与快乐邂逅。其中的根本原因就在于一个人是否具有积极的心态。

有一对夫妻从国企下岗后，在早市上摆了个小摊，靠微薄的收入维持全家人的生活。他们没有了从前让人羡慕的工作，也没有了衣食无忧的工资、奖金，但他们依然生活得很幸福。

夫妻俩过去爱跳舞，现在没钱进舞厅，就在自家屋子里打开收音机跟着舞动。丈夫喜欢钓鱼，妻子喜欢养花。下岗后，依然能看到男的扛着鱼竿去钓鱼，他们家阳台上的花儿依旧鲜艳夺目。

他俩下了岗，收入减少了许多，但依旧乐个不停，邻居们都用诧异的目光看着他们。

一天，记者去采访，丈夫说："我们虽然无法改变目前的境况，但我们可以控制自己的心态，虽然下岗了，但生活是否幸福还是由我们自己说了算的。"妻子说："我们没有了工作，不能再没有快乐，如果连快乐都丢了，那生活还有什么滋味。"

是的，幸福与否在很大程度上取决于你的心态，你想幸福，随时都可以幸福，没有谁能够阻拦。

人生的幸福在哪里？当拿破仑得到了世界上绝大多数人渴望拥有的荣誉、权力、金钱时，他却说："我这一生从来没有过过一天幸福的日子。"海伦·凯勒因为一场大病失去了视觉、听觉和说话能力，可她却说："生活是这么美好。"

可见，一个人是否幸福要看他自己的心态。

有心理学家告诉我们，人以为自己处于某种状态时，他就会自觉或不自觉地顺从于这种状态，这种状态就会愈发明显。比如有些小孩本来不难过，但一哭起来，越哭越伤心，就是这个道理。当你认为自己很可怜、很不幸时，你的生活就会真的很痛苦；如果你相信自己很快乐、很幸福，并且乐观积极地去生活，那么你的生活往往真的会很快乐幸福。幸福的源泉就在你的心中，它取之不尽、用之不竭。

期望获得幸福的人应保持积极的心态，这样幸福就会被他们吸引。而那些态度消极的人不仅不会吸引幸福，相反还会排斥幸福，当幸福悄然降临到他们身边时，他们可能毫无觉察，丝毫体会不到幸福的感觉。

那么，如何培养幸福的心态呢？

一、让快乐成为一种习惯

人们之所以会制造自己的不幸，多半是由于自己心中存有习惯性的不幸想法。例如，总是认为一切事情都糟透了，别人拥有意外之财，我却没有得到应得的报酬等消极的情绪。

有这样想法的人往往会把一切怨恨、颓丧或憎恶的情绪深深地刻在自己的心底，于是不幸感变得愈加沉重。而当喜讯降临时，他们会说："这样快乐是不对的。"因为他们已经太过习惯往日的忧郁与悲伤，反而不习惯幸福与快乐的心情。他们依然沉湎在以前那些沮丧、悲伤及不愉快的回忆中。

墨菲博士曾说:"如果你希望幸福快乐,那么你必须真诚地渴望幸福快乐。"

有一名农夫似乎时时刻刻都很开心,无忧无虑。有人问他快乐的秘诀究竟是什么,他的回答是这样的:"快快乐乐,是我的习惯。"

同理,如果你想获得幸福,首先要养成幸福的习惯。发自内心地微笑,并使这种微笑带来的感觉成为你的一部分,同时为自己创造一个幸福世界,盼望每一天的到来。即使有时乌云会遮住阳光,那也是暂时性的,不久仍然会晴空万里。

养成快乐的习惯,还要学会开怀大笑。开怀大笑能让人感到轻松自在。真正的开怀大笑,能洗涤心中的尘埃。有时候,当你对某件事情的失败感到沮丧时,不妨想想过去的成就,以及发生在别人身上的一些有趣的事,再把头向后仰起,然后哈哈大笑,把你的全部感情投入笑声中,或许你会觉得好过些。

二、心中想到幸福,眼前就会充满幸福

金钱是好东西,但金钱并不能买到幸福,没有钱你一样可以获得快乐。只要你想获得快乐,你便会发现整个世界充满了快乐——享受每一口早餐带来的满足感,享受清晨的风带给你的神清气爽……

在这个世界上,有很多美好的事物,关键是你要用寻求美的眼光去看。

史蒂文森在诗中写道:"这个世界多彩多姿,我深信,我们应该快乐如君王。"

每一个人都可以做快乐的君王,但是在通往幸福的道路上不可能是一帆风顺的,是一定会有阻碍的。如果你想抱怨,你应该先想想自己有没有资格去抱怨。

如果你总是对自己说："事情进行得不顺利。""我总是这样不顺。""倒霉的事为什么总落在我头上。"如此一来，你一定会变得痛苦。相反地，如果你常对自己说："事情进行得非常顺利。""生活也相当舒适。""我的生活真幸福。"这样一来，你将得到由自己选择的快乐。

有人说儿童是幸福的专家，成年人总是羡慕他们的天真无邪、无忧无虑，那么，我们成年人为什么不能像儿童那样？虽然无法如儿童般天真，但可以选择无邪、无忧、无虑，如果我们能学会儿童这种特有的快乐心理，我们的心灵就不会衰老、迟钝或疲倦，我们就会永远幸福。

三、消除悲观消极的思想

如果有一群蚊子闯入你的家中，你肯定要想尽办法驱除它们，绝对不会同意它们与你同住，吸你的血、骚扰你的安宁。消极思想如悲观、恐惧、忧虑、憎恨等心理就如同蚊子一样，必须从你的大脑中驱除，你才会感到舒适、幸福。

就像人可以用杀虫剂消灭蚊子一样，人也可以用乐观积极的思想代替头脑中的忧虑、恐惧、憎恨等悲观消极的思想，以获得幸福的人生。

美国前任总统艾森豪威尔每次遇到压力，就以打高尔夫球来放松紧张的情绪。著名画家摩西奶奶活了一百多岁，她在八十多岁时还以绘画作为消遣。

消除悲观消极的思想，不妨从以下几个方面做：

一、做一些可以令你感到快乐的事。只要是自己喜欢的事就可选择去尝试，并且不要为了获得别人的称赞才去做。没有人能够告诉你应该做什么，你自己喜欢什么就做什么。

二、不要让不切实际的忧虑侵蚀你。当消极思想侵入你的大脑时，即刻向它们宣战。问问你自己，为什么拥有幸福权利的你，却必须在清醒时刻受到恐惧、忧虑与怨恨的攻击。向这些消极思想宣战吧，你一定可以战胜它们。

三、强化你的内心。想象自己正处于最佳的状态中，并对自己稍加鼓励，同时想想你以前的快乐时光与自己引以为豪之处。这些对于消除悲观消极的思想都有一定的作用。

如果你希望生活得幸福快乐，首先要真诚地渴望幸福快乐，就这么简单。

4. 枕上诗书闲处好，门前风景雨来佳
——生活是多姿多彩的

◎ 出处

李清照《摊破浣溪沙·病起萧萧两鬓华》

◎ 原文

病起萧萧两鬓华，卧看残月上窗纱。豆蔻连梢煎熟水，莫分茶。

枕上诗书闲处好，门前风景雨来佳。终日向人多酝藉，木犀花。

◎ 译文

两鬓已经稀疏，病后又添白发了，卧在床榻上看着残月照在窗纱上。将豆蔻煎成沸腾的汤水，不用强打精神分茶而食。

靠在枕上读书是多么闲适，门前的景色在雨中更佳。整日陪伴着我的，只有那深沉含蓄的木樨花。

◎ 赏析

这首词格调轻快，心境怡然自得，观书、吟诗、赏景，确实是大病初愈的人消磨时光的最好办法。"闲处好"一是说这样看书只能是在闲暇无事时；一是说闲时也只能看点儿闲书，看时也很随便，消遣而已。对一个整天赋闲在家的人来说，偶然下一次雨，那雨中的景致，较平时也别有一种情趣。

人生中似乎困扰太多、快乐太少，你是否觉得人生本应一帆风顺，那些降临在自己身上的挫折与困难都该统统消失，否则便要怨天尤人？你是否认为众人应该友好、平等地待你，你所追求的心仪对象也应该接受你，否则便会感觉沮丧或焦虑？你是否要求自己尽善尽美地完成工作，一旦稍有失误就会自我否定或自我谴责？

小利是一家大型公司的员工，整天多愁善感，遇到一点儿挫折就垂头丧气，总是怪自己太笨了。有时候确实是工作难度大了，有时候确实是事出有因，有时候是他对自己的要求太高了，可他却不去考虑其他方面的因素，只要一遇到不顺心的事，就一个劲儿地埋怨自己。刚开始朋友还会去劝他，可一直这样，弄得大家也都失去了好心情和耐性，干脆都不去理会他的自责和不高兴。久而久之，他感觉被人冷落了，逐渐变得孤僻。

生活中难免会有烦恼，有时人生的烦恼，不在于自己获得多少、拥有多少，而是自己想得到的太多。有的人因为想得到的太多，自己的能力却难以达到，所以感到失望与不满，然后就自己折磨自己，说自己"太笨""不争气"等，就这样经常和自己过不去，和自己较劲。小利就是一个典型的例子。

人总有不顺心、不如意的时候，其实外在因素并不能真正主宰你的人生，真正能决定事情结果的是你自己。比如你害怕别人说你胖，于是决定节食减肥。面对餐桌上的诸多美食，你只能是闭着眼睛咽口水，忍受着饥饿的折磨。一段时间后，身体可能是苗条了，听到了别人的赞美，可是只有自己最清楚，你的体质已大不如前。

人们常说，凡事多往好处想，才能有一个好心情。从前，有一个人总是不顺心，可他总能以积极的心态看问题。有一天出门，他不小心掉到了河里，爬上岸一看，别人都在替他难过，他却高兴地说："嘿！真走运，口袋里还装了一条鱼。"如果你也能以这种心态去生活，就会过得很坦然、很快乐。

人这一辈子不可能总是春风得意、一帆风顺，肯定会有许许多多不如意的事，说不定哪一天生活就会跟你开一个玩笑，使你结结实实地撞上无情的"红灯"，比如事业失败、爱情失意等。这时候就得想开点儿，平静地面对生活，多劝劝自己，千万别跟自己过不去。

如果你想不开，吃不下，睡不着，又有什么用呢？过多的烦恼和压力只会将你的心灵挤压得支离破碎。而且人在心情烦躁或怒火中烧的情况下会处于精神紧张状态，往往会引起失眠、神经衰弱等症状。若是长期处于这种状态，还会诱发其他心理疾病。

所以，人要学会对自己好一些，别跟自己过不去，要知道世上没有跨不过的沟，也没有蹚不过的河，要想得通、放得下。

那么，为什么有许多人会悲叹生命的无奈和生活的艰辛，却只有少数人能在有限的生命中活得快乐呢？这是因为一个人快乐与否主要取决于他的心态，特别是善待自己的心态。

其实，静下心来仔细想想，生活中的许多事情遭遇失败，并不是因为你的能力不强，恰恰是因为你的愿望不切实际。要知道一个能力极强的人也并非能够完成任何事情，这样想就不会强求自己去做一些力不从心的事情。

在生活中，我们应该时常肯定自己，努力做好我们能够做好的事情，剩下的就交给老天吧！只要尽力而为了，心中也就坦然了，即便在生命快要结束的时候，也能问心无愧地说："我已经尽了自己最大的努力，我无愧于心。"

在生活中，我们还应该时常换个角度看问题。人生中的种种困境和不幸也许会遮住你的视线，让你看不到生活的光明，但如果换一个角度去想，你会惊奇地发现，世界一片光明，大自然充满无限的生机与活力。

生活是多姿多彩的，活着就要品尝生活的百味，所以不要钻牛角尖，自己和自己过不去。

如果你觉得不开心，那就学会自己去寻找生活中的快乐。其实获得快乐的方式很简单，比如早晨醒来，睁开眼睛看看天花板，你可以用快乐的心去感受那纯净的白色；上午在窗前读一本文采飞扬的书，你可以用快乐的心去体味文字带来的感动；下午坐在摇椅上呼吸、冥想，你可以用快乐的心去触摸太阳的温暖；黄昏到楼下茶馆里去品一杯醇香的红茶，听一首悠扬的音乐，你可以用快乐的心去迎接黑夜的来临；晚上给家人煮一锅又鲜又香的排骨汤，你可以享受付出的快乐。

5. 一松一竹真朋友，山鸟山花好弟兄
——选择一份好心情

◎ **出处**

辛弃疾《鹧鸪天·博山寺作》

◎ **原文**

不向长安路上行，却教山寺厌逢迎。味无味处求吾乐，材不材间过此生。

宁作我，岂其卿。人间走遍却归耕。一松一竹真朋友，山鸟山花好弟兄。

◎ **译文**

不在往临安的路上奔波，却多次往来于山寺以致它都厌于逢迎我了。在有味与无味之间追求生活乐趣，在材与不材之间度过一生。

我宁可保持自我的独立人格，也不趋炎附势猎取功名。走遍人间，过了大半生还是走上了归耕一途。松竹是我的真朋友，花鸟是我的好弟兄。

◎ **赏析**

"一松一竹真朋友，山鸟山花好弟兄。"辛弃疾将志趣托于松竹花鸟，守君子之志的意向自不待言，其中或许还包含着对仕途人情的戒畏。松竹真朋友，花鸟好弟兄，只有它们不会让辛弃疾伤心失望。词人移情于大自然，在山居中与松竹花鸟为友，从而净化心灵，得到人生的乐趣。

生活在现代激烈的社会竞争中，假如你常常有活得累、活得艰难的感觉，就要明白其中虽有客观因素，但主要的原因还在于自己。我们

的命运会受到心理状态的影响。如果我们想的都是快乐的事情，那么我们就能快乐；如果我们想的都是悲伤的事情，那么我们就会悲伤；如果我们脑子里全是绝望，那么我们就会绝望；如果我们想的全是失败，那么我们往往就会失败。正如富兰克林·罗斯福所说："一个人心灵的平静和生活的乐趣，并非取决于他拥有何物、有何地位或置身于何种情境——总之，与个人的外在条件并无多大关系，而是取决于个人的心理态度、精神追求。"

千万不要小觑了忧郁、悲观的情绪，它们就像不停滴下的水滴。这种源源不断的忧郁不仅能摧毁一个人的容貌，使人脸上布满皱纹、愁眉不展，使人头发变白或脱落，还是一种严重的心理负担。

心情有时如一棵大树，快乐是笔直的树干。秋天来时，大树抖抖快乐的枝干，那些枯黄的忧愁树叶便会纷纷扬扬地飘落；春天来时，大树抖抖快乐的枝干，生活便会展开美丽的笑颜。

一份好的心情，不仅仅可以改变自己，同时，也会感染他人，如果你想做一个快乐的人，你首先就得保持好的心情。如果一个人的心情是低落的、忧郁的，再昂贵的化妆品也掩饰不住他满脸的愁云，再高超的美容师也无法抚平他紧皱的眉头；反之，如果心情是快乐的、舒畅的，即使素面朝天，也会显示出宁静和柔美。

恐惧、忧虑、憎恨的情绪会使人的内心无法平静。快乐最不喜欢这样的心境，只要逐步赶走快乐不喜欢的这些因素，创造出快乐喜欢的安宁的内心环境，快乐就会不请自到。为此，首先要搞清楚自己到底恐惧什么、忧虑什么、憎恨什么，有没有必要，何苦如此，如何解决。搞清楚这些问题之后，才能找到快乐。

对那些自己无法改变或力所不能及的事情，要抱有拿得起、放得下的态度，不去忧虑，而是去创造另一种情境，或者采取迂回的办法自我转化，把自己的情感和精力转移到其他活动中去，使自己没有时间沉浸在烦恼中。

有一位学生经历了漫长的备考，还是没有取得自己梦想中的好成绩，尽管分数上还说得过去，但只能进一所普通的大学。

因此，他在大学的第一个学期过得很不愉快，几乎是在怨气和悔恨中度过的，终于熬到了放寒假。回到家里，父亲问起他的大学生活，他说："大学生活真的很没劲。"

他的父亲是个铁匠，听了他的话后，感到很震惊。沉默了半晌之后，转过身用他那粗壮的手操起了一把大铁钳，从火炉中夹起一块被烧得通红的铁块，放在铁垫上狠狠地锤了几下，随之丢入身边的冷水中。"滋"的一声响，水沸腾了，一缕缕白气向空中飘散。

父亲说："你看，水是冷的，然而铁却是热的。当把火热的铁块丢进水中之后，水和铁就开始了较量。它们都有自己的目的，水想使铁冷却，同时铁也想使水沸腾。现实生活中，又何尝不是如此呢？生活好比冷水，你就是那块热铁，如果你不想自己被水冷却，就得让水沸腾。"听后，这位大学生感动不已，朴实的父亲竟说出了这么饱含哲理的话。

第二学期开始后，他开始反省自己，并且通过不懈努力，学习终于有了起色，内心也渐渐地丰富充实起来。

由此看来，乐观是一种选择，悲观是一种选择，沮丧也是一种选择，亚伯拉罕·林肯曾经说过："大多数人都是决定想怎么高兴就怎么高兴。"

如果你希望通过实践验证这个道理，不妨从下面的事做起，看一看这样做之后你的情绪是否会变好。

一日之计在于晨,所以我们首先要明白的事情就是乐观应从早晨开始。也许你昨天睡得太晚、吃得太多或工作太辛苦,因而在起床时感到疲惫。对此可以在起床时通过冥想来排遣你的不适,不要把坏情绪带到一天的生活中。要知道如果每天早上你能保持愉悦的心情,并且告诉自己这将是美好的一天,那么你的乐观情绪就会渗透到日常生活中的所有角落。

如果早晨起来你想读报纸,不要读报纸的头版,先从一个轻松的部分开始,比如体育版、生活版,或者从幽默笑话开始,最后再看头版。这时你才会对这个世界有一个清醒的认识,可以冷静地分析各种事情。

当你每天起床时,不要考虑自己之前在生活上或公司里出了什么差错,或今天可能出什么问题,而要好好想想,自己做出了什么样的成绩,然后大声地对自己说:"今天将会是一个好日子。今天是属于我的,没有谁能把它从我身边拿走。"

这样你便可以让自己快乐起来,并把快乐的情绪带给你周围的人。

6. 我见青山多妩媚，料青山见我应如是

——我们怎样对待生活，生活就怎样对待我们

◎ 出处

辛弃疾《贺新郎·甚矣吾衰矣》

◎ 原文

……甚矣吾衰矣。怅平生、交游零落，只今余几！白发空垂三千丈，一笑人间万事。问何物、能令公喜？我见青山多妩媚，料青山见我应如是。情与貌，略相似。

一尊搔首东窗里。想渊明、停云诗就，此时风味。江左沉酣求名者，岂识浊醪妙理。回首叫、云飞风起。不恨古人吾不见，恨古人不见吾狂耳。知我者，二三子。

◎ 译文

我已经很衰老了。平生曾经一同出游的朋友零落四方，如今还剩下多少？真令人惆怅。这么多年只是白白老去而已，功名未竟，对世间万事也慢慢淡泊了。还有什么能真正让我感到快乐？我看那青山潇洒多姿，想必青山看我也是一样。不论情怀还是外貌，都非常相似。

把酒一樽，在窗前吟诗，怡然自得。想来当年陶渊明写成《停云》之时也是这样的感觉吧。江南那些酒醉中都渴求功名的人，又怎能体会到饮酒的真谛？在酒酣之际，回头朗吟长啸，云气会翻飞，狂风会骤起。不恨我不能见到疏狂的前人，只恨前人不能见到我的疏狂而已。了解我的，还是那几个朋友。

◎ 赏析

"我见青山多妩媚，料青山见我应如是"两句，是全篇点睛之笔。词人因无物（实指无人）可喜，只好将深情倾注于自然，不仅觉得青山"妩媚"，而且觉得似乎青山也认为自己"妩媚"。这与李白《独坐敬亭山》中的"相看两不厌"用的是同一艺术手法。这种手法，先把审美主体的感情带入客体，然后借染有主体感情色彩的客体形象来揭示审美主体的内在感情。这样，便大大加强了作品里的主体意识，易于感染读者。

是的，生活就这样，我们怎样对待生活，生活就怎样对待我们。心态和前途也是这样一种辩证关系，我们用积极的心态对待人生，人生将是一片光明；我们用消极的心态对待人生，人生也就只会是一片灰暗。

有这样一个故事。有位老太太找了一个油漆匠到家里粉刷墙壁。油漆匠一进门，看到她的丈夫双目失明，顿时流露出怜悯的目光。男主人开朗乐观，油漆匠在他家工作的几天里，两个人谈得很投机，油漆匠也从未提起男主人的缺陷。

工作完毕，油漆匠取出账单，老太太发现比起原来谈妥的价钱打了一个很大的折扣。她问油漆匠："怎么少算这么多呢？"油漆匠回答说："我跟你先生在一起觉得很快乐，他对人生的态度，使我觉得自己的境况还不算最坏。所以减去的那一部分，算是我对他表示的一点感谢，因为他使我不再觉得工作辛苦。"

油漆匠的善良和对自己丈夫的敬意，使老太太流下了眼泪。因为这位慷慨的油漆匠，只有一只手。

不幸的人尚能对生活如此乐观，那么我们呢？

其实在生活中，每个人都可能遇到这样或那样的不幸，诸如亲人不幸死亡、与朋友分道扬镳、身患重病……但你需要知道的是，这一切对你来说都不重要，都不会对你造成致命的伤害。最致命的伤害来自我们的心灵深处，是我们的心灵导致我们绝望。所以我们应放弃消极的思想，换一个角度看问题：

被黄泉路阻断的亲情，难道还能寻回来吗？

有情有缘而不能相伴终生，不如及早分开。

无缘是路人，迟早要分手，为什么要守着不放？

这样想，就会豁达起来，发现阳光依旧照耀着你，月光仍然爱抚着你。如此看来，痛苦或是快乐存在于你的一念之间。

事实也的确如此，人的心态决定其是否快乐，心态的改变，有时候会导致命运的改变。

美国著名的心理学家威廉·詹姆斯说："我们这一代人最重大的发现是——人能改变心态，从而改变自己的一生。"的确，人生的成功或失败，幸福或坎坷，快乐或悲伤，有相当一部分是由自己的心态造成的。

朋友们，我们可千万不要因为心态消极而使自己成为一个失败者。让我们从现在起，无论在什么情况下都保持积极的心态，让整个身心都充满勇气和能量，把挫折与失败当成学习的机会。这样，我们就能早日战胜自我，超越自我，抵达成功的彼岸！

第六章 但力行好事，休问穷通——充实自我，完美人生

"但力行好事，休问穷通"是一种积极的人生态度。不管人生的道路多么崎岖，遇到什么挫折困难，我们都必须珍爱生命、完善自我，把磨难看成人生宝中贵的财富，把追求真善美的完美人生当成自己前进的动力，努力奋斗，有所作为，成为一个幸福快乐的人。

1. 欲将心事付瑶琴，知音少，弦断有谁听

——人不能没有知己

◎ **出处**

岳飞《小重山·昨夜寒蛩不住鸣》

◎ **原文**

昨夜寒蛩不住鸣。惊回千里梦，已三更。起来独自绕阶行。人悄悄，帘外月胧明。

白首为功名。旧山松竹老，阻归程。欲将心事付瑶琴。知音少，弦断有谁听？

◎ **译文**

昨夜，寒秋蟋蟀不住哀鸣。梦回故乡，千里燃战火，被惊醒，已是三更时分。站起身，独自绕着台阶踽踽行。四周静悄悄，帘外一轮淡月正朦胧。

为国建功留青史，未老满头霜星星。家山松竹苍然老，无奈议和声起，阻断了归程。想把满腹心事，付与瑶琴弹一曲。可知音稀少，纵然琴弦弹断，又有谁来听？

◎ **赏析**

这首《小重山·昨夜寒蛩不住鸣》是元帅帐内夜深人静时，岳飞为诉说自己内心的苦闷而作。他反对妥协投降，相信抗金事业能成功，且已取得了不少重大战役的胜利，这时宋高宗和秦桧力主和议，和金国谈判议和。这个让岳飞无法反抗的命令，指的就是南宋绍兴八年（公元1138年）宋金议和而不准动兵。

这首词虽比不上《满江红》家喻户晓，但是却用不同的写作风格和艺术手法表达了作者隐忧时事的爱国情怀。上阕即景抒情，寓情于景，写忧国忧民的心绪使词人愁怀难遣，在凄清的月色下独自徘徊。下阕写他收复失地受阻，要抗金却"知音少"，内心郁闷焦急。

古往今来，人们一直都在寻觅着能交心的知己。诗圣杜甫说："百年歌自苦，未见有知音。"纳兰性德说："泠泠彻夜，谁是知音者。"鲁迅说："人生得一知己足矣，斯世当以同怀视之。"

伯牙绝弦讲述的便是一个知音难求的故事，俞伯牙与钟子期被看作是一对千古传诵的至交典范。

春秋时期，楚国有一位著名的音乐家，他的名字叫俞伯牙。俞伯牙从小非常聪明，天赋极高，又很喜欢音乐，于是便拜当时很有名气的琴师成连为师。学习了三年，俞伯牙琴艺大长，成了当地有名气的琴师。但是他常常感到苦恼，因为在艺术上无法达到更高的境界。俞伯牙的老师成连知道了他的心思后，便对他说："我已经把自己的全部技艺都教给你了，而且你学习得很好。至于音乐的感受力、悟性方面，我自己也没学好。我的老师方子春琴艺高超，对音乐有独特的感悟。他现在住在东海的一个岛上，我带你去拜见他，跟随他继续深造，你看好吗？"俞伯牙听后大喜，连声说好。

他们准备了充足的食品，乘船往东海进发。一天，船行至东海的蓬莱山，成连对伯牙说："你先在蓬莱山稍候，我去接老师，马上就回来。"说完，成连划船离开了。过了许多天，成连都没回来，伯牙很焦急。他抬头望着大海，大海波涛汹涌；回首望岛内，山林一片寂静，只有鸟儿在啼鸣，像在唱忧伤的歌。伯牙不禁触景生情，有感而发，仰天长叹，即兴弹了一首曲子，曲中充满了忧伤之情。从这时起，俞伯牙的琴艺上了一个台阶。其实，成连老师是让俞伯牙独自在大自然中寻求一种感受。

那时俞伯牙身处孤岛，整日与海为伴，与树林飞鸟为伍，感情自然发生了变化，陶冶了心灵，体会到了艺术的本质，才能创作出真正的传世之作。后来，俞伯牙成了一代杰出的琴师，但真心能听懂他的曲子的人却不多。

有一次，俞伯牙乘船沿江游览。船行到一座高山旁时，突然下起了大雨，他便把船停在山边避雨。这时他听到淅沥的雨声，眼望雨打江面的生动景象，琴兴大发。当他正弹到兴头上，突然感到琴弦上有异样的颤动，这是琴师的心灵感应，说明附近有人在听琴。俞伯牙走出船外，果然看见岸上树林边坐着一个打柴人，此人便是钟子期。

伯牙把子期请到船上，两人互通了姓名，伯牙说："我为你弹一首曲子听好吗？"子期表示十分乐意。于是伯牙即兴弹了一曲《高山》，子期赞叹道："多么巍峨的高山啊！"伯牙又弹了一曲《流水》，子期称赞道："多么浩荡的江水啊！"伯牙既佩服又激动，对子期说："这个世界上只有你才懂得我的心声，你真是我的知音啊！"于是两个人结拜为生死之交。

伯牙与子期约定，待周游完毕要前往子期家去拜访他。一日，伯牙如约到子期家拜访，但是子期已经因病去世了。伯牙听闻悲痛欲绝，奔到子期墓前为他弹奏了一首充满怀念和悲伤的曲子，然后站立起来，将自己珍贵的琴砸碎于子期的墓前。从此，伯牙再也没有弹过琴。

在人生路上，得一知己相伴是每个人向往的。知己懂得欣赏你的才华，能够聆听你的满腹牢骚，甚至无须言语的交流，只要一个眼神就能读懂你的千言万语。

人生在世，千金易得，知己难求，如果一生中有幸遇到知己，一定要懂得珍惜。

2. 江头未是风波恶，别有人间行路难
——朋友多了路好走

◎ 出处

辛弃疾《鹧鸪天·送人》

◎ 原文

唱彻《阳关》泪未干，功名馀事且加餐。浮天水送无穷树，带雨云埋一半山。

今古恨，几千般，只应离合是悲欢？江头未是风波恶，别有人间行路难！

◎ 译文

唱完了《阳关》曲泪却未干，功名利禄不过都是小事，不要为此劳神伤身，应该多多吃饭。水天相连，好像将两岸的树木送向无穷的远方，乌云挟带着雨水，把重重的高山遮去一半。

古往今来使人愤恨的事情，何止千件万般，难道只有离别使人悲伤，聚会才使人欢颜？江头风高浪急，还不是十分险恶，人间的道路才更是艰难。

◎ 赏析

"江头未是风波恶,别有人间行路难。"行人踏上旅途,"江湖多风波,舟楫恐失坠"(杜甫《梦李白二首·其二》),但作者认为此去的遭遇比这风波更险恶。那是存在于人们心中、存在于人与人的斗争中的无形的"风波";它使人畏,使人恨,超过一般的离别之恨和行旅之悲。

俗话说,多个朋友多条路,朋友多了路好走。大千世界,芸芸众生,每个人都有可能成为你的朋友,关键是要择善而交。如何选择朋友是一件非常重要的事。

有这样一个故事。维克多从父亲的手中接过了食品店,这是一家古老的食品店,很早以前就非常出名了。维克多希望它在自己的管理下能够发展得更加壮大。

一天晚上,维克多在店里收拾东西,第二天他准备和妻子一起去度假。突然,他看到店门外站着一个年轻人,面黄肌瘦、衣衫褴褛、双眼深陷,一副流浪汉的模样。

维克多是个热心肠的人。他走了出去,对那个年轻人说道:"小伙子,有什么需要帮忙的吗?"

年轻人略带腼腆地问道:"这里是维克多食品店吗?"他说话时带着浓重的墨西哥口音。"是的。"

年轻人更加腼腆了,低着头,小声地说道:"我是从墨西哥来找工作的,可是整整两个月了,我仍然没有找到一份合适的工作。我父亲年轻时也来过美国,他告诉我他在你的店里买过东西,喏,就是这顶帽子。"

维克多看见小伙子的头上果然戴着一顶十分破旧的帽子,那个被污渍弄得模模糊糊的符号正是他家店的标志。"我现在没有钱回家了,也好久没有吃过一顿饱餐了。我想……"年轻人继续说道。

虽然维克多知道眼前站着的人只不过是多年前一个顾客的儿子,但是他觉得应该帮助这个小伙子。于是,他把小伙子请进店里,好好地让他饱餐了一顿,并且给了他一笔回家的路费。

不久,维克多便将此事淡忘了。过了十几年,维克多的食品店越来越兴旺,在美国开了许多家分店,于是他决定拓展海外市场,可是由于他在海外没有根基,要想从头发展也是很困难的,为此他一直犹豫不决。

正在这时,维克多突然收到一封从墨西哥寄来的陌生人的信,原来是多年前他曾经帮助过的那个流浪青年。

此时那个年轻人已经成了墨西哥一家大公司的总经理,他在信中邀请维克多来墨西哥发展,与他共创事业。这对于维克多来说真是喜出望外,有了那个年轻人的帮助,维克多很快在墨西哥建立了他的连锁店,而且发展得异常迅速。

俗话说:"一个篱笆三个桩,一个好汉三个帮。"朋友就像我们的肩膀,是一种结实的依靠。

3. 我为灵芝仙草，不为朱唇丹脸
—— 光明磊落，坦荡做人

◎ **出处**

黄庭坚《水调歌头·游览》

◎ **原文**

瑶草一何碧，春入武陵溪。溪上桃花无数，枝上有黄鹂。我欲穿花寻路，直入白云深处，浩气展虹霓。只恐花深里，红露湿人衣。

坐玉石，倚玉枕，拂金徽。谪仙何处？无人伴我白螺杯。我为灵芝仙草，不为朱唇丹脸，长啸亦何为？醉舞下山去，明月逐人归。

◎ **译文**

瑶草多么碧绿，春天来到了武陵溪。溪水上有无数桃花，花枝上面有黄鹂。我想要穿过花丛寻找出路，却走到了白云的深处，彩虹之巅展现浩气。只怕花深处，露水湿了衣服。

坐着玉石，靠着玉枕，拿着金徽。被贬谪的仙人在哪里，没有人陪我用田螺杯喝酒。我为了寻找灵芝仙草，不为表面繁华，长叹为了什么。喝醉了手舞足蹈地下山，明月仿佛在驱逐我回家。

◎ **赏析**

此词为春行纪游之作，词人采用幻想的镜头，描写神游"桃花源"的情景，反映了他出世、入世交相冲撞的人生观，表现出他对污浊的现实社会的不满以及不愿媚世求荣、与世俗同流合污的高尚品德。

这首词作于黄庭坚遭贬谪时期，他通过"我为灵芝仙草，不为朱唇丹脸"，表示自己品格高洁，不愿做一个涂脂抹粉、随俗媚世的小人。不做小人是因为小人的世界太污浊丑恶，昏天暗地、不见天日；不做小人是因为小人钩心斗角、睚眦必报，宛如跳梁小丑活跃在权力和金钱的世界；不做小人是因为小人阿谀献媚、寡廉鲜耻，为了一点儿蝇头小利，无所不用其极；不做小人是因为想做一个堂堂正正、光明磊落的人，让心灵生活在阳光中，而非黑暗的角落里。

孔子曾说过这样一句话："君子坦荡荡，小人长戚戚。"想来光明磊落的人都很喜欢、赞同这个观点。

一次，著名语言学家张志公在参加一个学术会议时，因故迟到片刻，台上已有人在发言。对照名单后，张志公却不认识发言者的名字，可能此人名字极为冷僻，不然很难难倒这位语言学界的泰斗。于是张志公便悄悄地向身边的一位与会者讨教，在得到答案并道谢后，他欢呼道："今天又认识了一个字！"

我们猜想，若是其他人遇到此事，或许会顾及颜面（怕被别人看低、嘲讽），私下去查字典。但张志公先生不懂就问，不藏不掖，此乃坦荡也！

提起著名旅美画家陈逸飞的大名，恐怕无人不知、无人不晓。然而有一次一位音乐人著文指出，陈逸飞的几幅表现器乐演奏的画中，乐手的指法明显错误，并毫不客气地指出这些错误皆因画家本人缺乏演奏常识。陈逸飞得知后，立即向有关媒体、人士公开道歉，坦承自己对器乐演奏的无知和创作上的疏忽，并向那位音乐人深表谢意。

一代画坛名家如此虚怀若谷、知错就改，何等坦荡！何等洒脱！其人品和胸怀，令人肃然起敬。

面对自己的无知和失误，有的人能坦然面对，勇于承认和改正，有的人则讳莫如深，甚至推卸责任。张志公和陈逸飞给我们上了一堂课。

这是一堂有关人品的课，一堂怎样去做谦谦君子而非市井小人的课。

生活本来就充满艰辛和无奈，何不洒脱超然一些呢？与其被琐事折磨得身心俱疲，何不自然随意一点儿呢？

无须刻意追求生活的波澜跌宕，因为醉心于功名，必定会为功名所累；羁于其中，必定难以洒脱。来去匆匆，往事如风。人生在世或平淡或热烈，或悲伤或欣喜，或圆满或遗憾，都没有真正的胜利者。我们真正要战胜的，恰恰是我们自己。一切的一切，最终都将会在霏霏细雨中烟消云散。

坦荡做人，就是要常怀一颗善心。真诚坦然，宽以待人，以平和的心态去看待世界，以真诚的态度去结交朋友。就算付出真情，换来的是冷漠，也不必在乎。为真正的朋友可以牺牲自己的利益，即使被黑夜里扬起的风沙吹打，依然能一笑而过……

4. 一诺千金重
——做人要讲诚信

◎ 出处

贺铸《六州歌头·少年侠气》

◎ 原文

少年侠气，交结五都雄。肝胆洞，毛发耸。立谈中，死生同。一诺千金重。推翘勇，矜豪纵。轻盖拥，联飞鞚，斗城东。轰饮酒垆，春色浮寒瓮，吸海垂虹。闲呼鹰嗾犬，白羽摘雕弓，狡穴俄空。乐匆匆。

似黄粱梦，辞丹凤；明月共，漾孤篷。官冗从，怀倥偬；落尘笼，簿书丛。鹖弁如云众，供粗用，忽奇功。笳鼓动，渔阳弄，思悲翁。不请长缨，系取天骄种，剑吼西风。恨登山临水，手寄七弦桐，目送归鸿。

◎ 译文

少年时一股侠气，结交各大都市的豪雄之士。待人真诚，肝胆照人，遇到不平之事，便会怒发冲冠，具有强烈的正义感。站立而谈，生死与共。我们推崇的是出众的勇敢，狂放不羁傲视他人。轻车簇拥联镳驰逐，出游京郊。在酒店里豪饮，酒坛浮现出诱人的春色，我们像长鲸和垂虹那样饮酒，顷刻即干。间或带着鹰犬去打猎，刹那间便荡平了狡兔的巢穴。虽然欢快，可惜时间太过短促。

就像卢生的黄粱一梦，很快就离开京城。驾孤舟漂流于水中，唯有明月相伴。散职侍从官位卑繁忙，情怀愁苦。陷入污浊的官场仕途，担任繁重的文书事务工作。像我这样成千上万的武官，都被支派到地方上去打杂，劳碌于文书案牍，不能杀敌疆场、建功立业。笳鼓敲响了，渔阳之兵乱起来了，战争爆发了，想我这悲愤的老兵啊，却无路请缨，不能为国御敌，生擒西夏酋帅，就连随身的宝剑也在秋风中发出愤怒的吼声。怅恨自己极不得志，只能满怀惆怅游山临水，抚瑟寄情，目送归鸿。

◎ 赏析

"一诺千金重"，形容说话算数，非常讲信用，且言出必行、说到做到。比喻一个人说过的话、答应别人的事情，如同千金般贵重。

季札挂剑就是一个讲做人要守信的故事。季札是春秋时期吴国有名的公子,德才兼备,誉满天下。有一次他出使别国,路过徐国时与徐国国君会面。席间,徐君看到季札腰间的宝剑,欣赏不已。季札考虑到自己还要出使别的国家,而佩剑是使者的必备之物,不能送人,当时就没有表态。等他完成出使任务准备回国时,又经过徐国,想把那把宝剑送给徐君,可是徐君却已经去世了。季札十分惋惜,于是他来到徐君的墓前,把宝剑挂在墓前的树上,完成了自己心中的约定。

说出去的话就像泼出去的水,覆水难收。做人言而有信,那么做事时就有了一种人格力量来担保。

"人无信不立",所以做人要讲诚信,诚信是一种无形的资本,需要人们精心维护,慢慢积累。而如果你不讲诚信,仅仅一次,就会把长期的积累挥霍一空。

汉朝年间,有一个叫陈实的人。他为人正直、为官清廉,深受百姓的爱戴和好评。后来,陈实返回故里,当地的官员、村民们都非常敬重他。

有一次,他与一个友人会面,酒足饭饱之后,两个人决定一同远游,他们约定好次日午时在陈实家门前的大槐树下相见。两位友人为了表达各自的诚意,还在槐树前立了个高高的杆子。如此之后,两人才揖手辞别。

次日,陈实提前来到了杆子前,等了一段时间,眼看着杆子底端的黑影渐渐东斜,午时已过。这时,陈实猜想友人是另有他事而不能同行,或是已经提前出发了,于是就上路了。

然而,就在陈实走了之后,他的朋友到了,左看右看,却不见陈实的影子,当即气不打一处来,非要到他家去看个究竟、问个明白,一到陈实家门口,正看见陈实的儿子在家门口玩耍。于是他便指桑骂槐,又像是自言自语地说道："真不守信用！跟人约好一起出门，却不等人。"

当时，陈实的儿子刚刚年满七岁，名陈纪，字元方，是一个人见人爱、非常懂事的孩子。等他父亲的友人数落完后，小陈纪说："您与我父亲约定在午时，午时不来，就是无信；当着孩子骂他的父亲，就是无礼！"

那友人当即羞愧万分，想下车解释，而小陈纪头也不回就进屋去了。

要获得众人的信任，树立自己的威信，不论你采取何种方法，笃诚守信都是最根本的要诀，这在什么情况下都不过时。

以信待人就是在人际交往中要讲求信用、遵守诺言。是否具有讲信用的声誉，对一个人的发展是十分重要的。

人生在世，必诚必信。要做一个堂堂正正的人，必须诚实守信。诚实是忠诚老实，言行一致；守信是严守信约，说到做到。

人无信不立。信誉是个人的品牌，是无形的资产。然而在现实生活中，"信"成了与危机相连的词汇。人才的信任危机，商业的信誉危机，严重破坏了社会结构，造成人与人之间、人与社会之间、企业与企业之间的相互防备与猜疑。

我们常说的"君子一言，驷马难追"，讲的就是人的信誉。一个没有信誉的人，是不受人尊敬的。现在的生意场上，企业做广告宣传，就是想树立其在公众中的形象，以提高信誉度。信誉度高了，人们才会相信你，和你有来往，建立合作关系。不过，企业的信誉度得靠可靠的产品质量和优良的服务态度来实现，而非几句响亮的广告词、几次优惠大酬宾便可做到。人的信誉也是如此，交朋友也是如此。

我国古代人交朋友，强调一个"信"字。在儿童启蒙读物《幼学琼林》中，专门有讲交友的章节，并有种种概括："心志相孚为莫逆，老幼相交曰忘年""尔我同心曰金兰，朋友相资曰丽泽""刎颈之交相如与廉颇，总角之好孙策与周瑜"，这些都是在说友情的深厚，而诚信则是深厚友情的源泉。

相传在东汉时，汝南郡的张劭和山阳郡的范式同在洛阳读书，学业结束分别时，张劭站在路口，望着空中的大雁说："今日一别，不知何年才能见面……"说着流下泪来。范式忙拉着他的手，劝说道："兄弟，不要悲伤，两年后的秋天，我一定去你家拜望老人，同你相聚。"

两年后的秋天，张劭偶闻长空一声雁叫，引起了情思，赶紧回到屋里对母亲说："妈妈，刚才我听到长空传来雁叫，一定是范式快来了，我们准备准备吧！"他母亲不相信，摇头叹息："傻孩子，山阳郡离这里一千多里路啊！他怎会来呢？"张劭说："范式为人正直、诚恳，极守信用，不会不来。"母亲只好说："好好，他会来，我去准备些酒菜。"其实，老人并不相信，只是怕儿子伤心而已。

范式果然在约定的日子风尘仆仆地赶来了。旧友重逢，异常亲切。老母亲激动地站在一旁直抹眼泪，感叹说："天下真有这么讲信用的朋友！"范式重信守诺的事情被后人传诵。

顾炎武曾以诗言志："生来一诺比黄金，那肯风尘负此心。"表达自己坚守信用的处世态度和内在品格。讲信用、守信义，不仅体现了对他人的尊敬，也表现出对自己的尊重。

在社交中，能主动帮助朋友办事的精神是可贵的，但办事也要量力而行，不要做"言过其实"的许诺，说话要掌握分寸。因为，诺言能否兑现不仅是个人努力的问题，还受客观条件的影响。平时可以办到的事，由于客观条件变化了，一时又办不到，这种情况是时常可能会发生的，这就要求我们在朋友面前不要轻率地许诺，更不能明知办不到的事，还打肿脸充胖子，在朋友面前逞能，许下"寡信"的"轻诺"。当你无法兑现诺言时，不但得不到友谊和信任，也许还会失去朋友。

人与人之间的交往，往往都是建立在"信"的基础上。诚信待人是一种美德，只有拥有这种美德的人才能使人信服。反之，在社交上言而无信的人，或许能获得一时之利，然而一旦被揭穿，会连原有的都失去，这话一点儿都不夸张。

5. 无意苦争春，一任群芳妒
——美来自内在的修养

◎ 出处

陆游《卜算子·咏梅》

◎ 原文

驿外断桥边，寂寞开无主。已是黄昏独自愁，更著风和雨。

无意苦争春，一任群芳妒。零落成泥碾作尘，只有香如故。

◎ 译文

驿站外断桥旁，梅花寂寞地开放，无人欣赏。黄昏里独处已够愁苦，又遭到风吹雨打而飘落四方。它无心同百花争享春光，任凭百花去妒忌。即使花片飘落被碾作尘泥，也依然有永久的芬芳留在人间。

◎ 赏析

这首《卜算子·咏梅》咏物寓志，表达了词人孤高雅洁的志趣。同

"独爱莲之出淤泥而不染，濯清涟而不妖"的周敦颐以莲花自喻一样，词人亦是以梅花自喻。

"无意苦争春，一任群芳妒"，梅花的美德之一便是朴实无华、不慕虚荣，不与百花争春，在寒冬里孤傲地开放，与世无争使它胸怀坦荡，任凭群花去嫉妒！"零落成泥碾作尘，只有香如故"，梅花的美德之二是志节高尚、操守如故，就算沦落到化泥作尘的地步，还香气依旧。这几句词意味深长。作者作此词时，正因力主对金用兵而受贬，因此他以"群花"比喻当时官场中卑劣的小人，而以梅花自喻，表达了即使历尽艰辛，也不会趋炎附势，只会坚守节操的决心。这首词以清新的笔调写出了梅花的傲然风度，暗喻词人坚贞不屈的品格，笔触细腻，意味深长，是咏梅词中的绝唱。

美来自内在的修养。能够保持一种寻找美的心态的人，不仅仅流露出来的是美，本身也成了美的化身。这样的人具有一种独特的人格魅力，那是外表的美丽所不能比拟的。就像生活中很多相貌平平的人，之所以会给我们留下深刻的印象，完全是因为那种从内心深处散发出来的魅力与吸引力。这种美丽完全超越了外表所能留给我们的印象。

人格的美丽还表现为一种习惯，即无论身在何方，总喜欢用美丽来感染周围的事物，总喜欢让周围的一切都变得美丽。这种习惯可以让你自己的生命也变得美丽，因为外在美是内在美的表现，是内在美的渗透，可以说内在美才是真正的美丽。只要你有美丽的思想，你在别人的眼中就是美的。活跃的思维、文雅的举止、助人为乐的品质都是美丽的显现。

对美的理解和感悟是人类独有的。我们不断地体会美的含义，创造美的形式。诗歌、音乐、绘画、建筑都是人类伟大的创造，但这些创造的美都绝非流于形式，它们反映出的是人类心灵的成长和文明的进步。

美对人们是多么的重要啊，它能够感化人们的心灵，让他们体会高尚的快乐。正是因为世界上许多美好的事物在人的童年留下了深刻的印记，人才能够愉快地成长，才能够在这个纷繁复杂的世界里保持本色。父母们尤其应该注意这一点，童年的记忆会影响孩子的一生，所以家里的各种摆设、家具都应该小心布置，它们很容易在孩子的心中留下一生的痕迹。父母们应该从小就在孩子的心中播下美的种子，让他们感受美、体会美，让他们欣赏美丽的事物。一张名画，一首名曲，都可能为孩子开启通向美的门。

其实每个人从出生的那一时刻开始，都在寻找着周围的美。世界上充满了美好的事物，但可惜的是，很多人还不懂得如何去分辨。所以，世界上并不是缺少美，而是缺少善于发现美的眼睛。

三个男孩同时爱上了一个美丽的女孩，他们都很优秀，女孩一时难以做出选择，于是，她安排了一次郊游。

他们正走着，迎面一条小河隔断了去路，河面上的小桥不知什么时候被水冲走了，这时河边还有一对等待过河的老夫妇。

第一个男孩说："我来背你过河吧。"说着，就挽起裤腿，准备下河。女孩轻轻摇了摇头。

第二个男孩说："我们绕过去吧。"他伸手指了指远方的路。女孩还是摇了摇头。

第三个男孩说："我们去找根木头担上去，这样他们也能一起过河了。"他一边说着，一边看了看身旁的两位老人。

女孩笑了，他们开始忙了起来，找到一根木头，搭了一座小桥，将老夫妇扶过了桥,然后重新开始了旅程。

之后,女孩与第三个男孩相爱了。

第三个男孩没有做什么惊天动地的事情,就这么一句话,打动了女孩的心,获得了爱情,因为这句话里包含了更多的爱心和智慧,使女孩看到了他美丽的心灵世界。

心灵的美丽,其实是每个人都可以获得的。即使是那些天生一副丑陋面孔的人,也可以通过陶冶情操,培养心灵的美丽。

第七章

人有悲欢离合，月有阴晴圆缺——胸怀旷达，洒脱人生

世间道路坎坷曲折，人生之路也不会一帆风顺。有得就有失，面对事情人们总爱患得患失，在得与失的选择中彷徨不已。有人说，生活需要智慧。是的，面对生活中得失带来的困扰，真正明智的做法就是学会旷达和洒脱。胸怀旷达，洒脱人生，这就是一种智慧。

1. 粗衣淡饭，赢取暖和饱

——知足才能常乐

◎ 出处

曹组《相思会》

◎ 原文

人无百年人，刚作千年调。待把门关铁铸，鬼见失笑。多愁早老。惹尽闲烦恼。我醒也，枉劳心，谩计较。

粗衣淡饭，赢取暖和饱。住个宅儿，只要不大不小。常教洁净，不种闲花草。据见定、乐平生，便是神仙了。

◎ 译文

人活一生不满百年，都是匆匆过客。生老病死，这是人生的规律。多愁善感，使人容易衰老。为人处事，不要处处计较。何苦把自己搞得心力交瘁，烦恼无边呢？

人活着不需要费尽心机追求锦衣玉食，只要有粗衣淡饭，能够解决温饱就够了。不需要拼命地去追求高大宽敞的房屋，只要有一间不大不小、干净整洁的屋子，能够遮风避雨足够了，也不必为闲花野草劳神。人世间如果有谁能懂得知足常乐这个道理，一生就会快快乐乐，赛过神仙了。

◎ 赏析

这首词告诉我们知足常乐是一种心态、一种感悟，更是人生之真理，生存之智慧。

知足常乐是一种处世哲学。人若想常乐，莫过于知足。倘若背负太多欲望，就很难体味人生中的许多乐趣，甚至还可能会铤而走险，走上不归路。知足常乐，不要奢望太多，否则生命就会难以承受其重，人生也会过于臃肿，一切都会变成身上的包袱，让你无法轻松生活。想要更多的财富，获得更好的生活，这都是无可厚非的想法，我们可以为此努力，但要时刻记住财富、权力与快乐并不成正比，唯有知足才是获得快乐的绝妙法宝。

知足常乐，没有过多的非分之想，就没有必要仰人鼻息、看人脸色，没有必要去摧眉折腰、卑躬屈膝。知足常乐，对事情达观释然，坦然面对，你就能摆脱烦恼和压力，发现心灵的轻松与快乐，看到一个美好和谐的世界。懂知足，自然也能获得常乐。

懂得知足，方能常乐。就好像纪晓岚的老师陈白崖所写的一副对联："事能知足心常惬，人到无求品自高。"人的欲望是无止境的，过分膨胀的欲望只会让心灵疲惫而痛苦。

从前有一个国王为了感谢多年来忠心耿耿服侍他的仆人，说："你尽管向前跑，只要在日落之前绕一圈回来，这一圈围到的土地全部送给你。"

仆人欣喜万分，不停地往前跑，简直像一头发了疯的野兽。就在太阳西沉的那一刹那，他终于绕完一大圈返回原地，不过，他却因此而累死了，国王悲伤地将他埋了。最终他真正获得的土地，也只有葬身之处罢了。

人们总想多得到一些东西，结果往往在不知不觉中连自己也失去了。

林语堂告诉我们："知足常乐的秘诀是懂得如何享用你所拥有的，并割舍不实际的欲念。"可很多人却在拥有一件东西后不知道珍惜，反而想要更多。

很小的时候就听过这样一个寓言故事。

一天，一个老头在森林里砍柴。他抡起斧子正准备砍一棵树，突然从树枝上飞下来一只长着金嘴巴的小鸟。

小鸟对老头说："你为什么要砍倒这棵树呀？"

"因为家里没柴烧。"

"你不要砍倒它。回家去吧，明天你家里会有许多柴的。"说完，小鸟就飞走了。

老头空手回到家，他对老伴说："上床睡觉吧，明天家里会有许多柴的。"

第二天，老伴发现院子里堆了一大堆柴，就向老头喊道："快来看，快来看，谁在我们家院子里堆了这么一大堆柴！"

老头把遇到金嘴巴鸟的经过告诉了老伴，老伴说："柴是有了，可是我们却没有吃的。你去找金嘴巴鸟，让它给我们点儿吃的。"

于是老头又回到森林里的那棵树下。这时，金嘴巴鸟飞来了，它问："你想要什么呀？"

老头回答说："我的老伴让我来对你说，我们家没有吃的了。"

"回去吧，明天你们会有许多食物的。"金嘴巴鸟说完又飞走了。

老头回到家，对老伴说："上床睡觉吧，明天家里会有许多食物的。"

第二天，他们果真发现家里出现了许多肉、菜、甜点、水果和他们想吃的其他食物。饱餐一顿后，老伴对老头说："快去找金嘴巴鸟，让它送我们一个商店，商店里要有许许多多的东西，这样，我们往后的日子就舒服了。"

老头又来到了森林里的那棵树下。金嘴巴鸟飞来问他："你还想要什么？"

"我的老伴让我来找你，请你送给我们一个商店，商店里要应有尽有。她说，这样我们就可以舒舒服服地过日子了。"

"回去吧，明天你们会有一个商店的。"金嘴巴鸟说。

老头回到家，把经过告诉了老伴。

第二天他们醒来后，简直不敢相信自己的眼睛。家里到处都是好东西：布匹、纽扣、锅、戒指、镜子……应有尽有。老伴仔细地清点了这些东西以后，又对老头说："再去找金嘴巴鸟，让它把我变成王后，把你变成国王。"

老头回到森林里，他找到了金嘴巴鸟，对它说："我的老伴让我来找你，让你把她变成王后，把我变成国王。"

金嘴巴鸟冷漠地望了一眼老头，说："回去吧，明天早上你会变成国王，你的老伴会变成王后的。"

老头回到家，把金嘴巴鸟的话告诉了老伴。

第二天早上醒来，他们发现自己穿的是绫罗绸缎，吃的也是山珍海味，周围还有一大帮的侍臣奴仆。

可是，老伴对此仍不满足，她对老头说："去，找金嘴巴鸟，让它把魔力给我，让它来宫殿，每天早上为我跳舞唱歌。"

老头只好又去森林里找金嘴巴鸟，他用了很长时间，最后总算找到了它。老头说："金嘴巴鸟，我的老伴想让你把魔力给她，还让你每天早上去为她跳舞唱歌。"金嘴巴鸟愤怒地盯着老头，它说："回去等着吧！"

老头回到家，和老伴一起静静等待着。

第二天起床后，他们发现自己被变成了两个又丑又穷的矮人。

人有想拥有更好生活的念头不是错，但这世间美好的东西实在是太多了，我们总希望拥有尽可能多的东西，殊不知在贪婪的追逐中，人的心灵也被腐蚀掉了。其实，我们拥有生命和快乐已是拥有了一切，又何必贪求太多呢？贪婪的最终结果只能是一无所有。

欲望越多，痛苦也就越多。人心不足蛇吞象，想象一下蛇吞象的样子，蛇会是一种什么感受——咽不进，吐不出，要多难受有多难受。什么都想得到，最后可能还是一无所有，反而一辈子将自己置于忙忙碌碌、钩心斗角的境地之中。这样活着，未免太累。《论语》里说颜回"一箪食，一瓢饮，在陋巷，人不堪其忧，回也不改其乐"。如果少一些欲望，是不是也会少一些痛苦呢？

这世间，美好的东西数不胜数，我们总希望得到更多，让好东西为自己所拥有。然而人生如白驹过隙般短暂，生命在拥有和失去之间悄悄地流逝了。如果你失去了太阳，你还拥有星光；失去了金钱，你还拥有明天。

拥有时加倍珍惜，失去了，就当是接受生命的考验。拥有诚实，就会丢弃虚伪；拥有充实，就会丢弃空虚；拥有踏实，就会丢弃虚浮。

2. 人间有味是清欢
——清心忘我,身放闲处

◎ **出处**

苏轼《浣溪沙·细雨斜风作晓寒》

◎ **原文**

细雨斜风作晓寒,淡烟疏柳媚晴滩。入淮清洛渐漫漫。
雪沫乳花浮午盏,蓼茸蒿笋试春盘。人间有味是清欢。

◎ **译文**

冬天早晨细雨斜风、天气微寒,淡淡的烟雾和稀疏的杨柳使放晴后的沙滩显得更加妩媚。洛涧入淮后水势一片茫茫。

乳色鲜白的好茶伴着新鲜如翡翠般的春蔬,这野餐的味道着实不错。人间真正有滋味的还是清淡的欢愉。

◎ **赏析**

在这首词中,苏轼找到了生活的诗意,找到了人生的真谛,体味到人间最有滋味的是最简单的快乐。

清欢是人类心灵的纯净一隅,是超越物质享受的精神境界。它不讲物质条件,只讲究心灵的平静和谐。

生活在满眼是钢筋混凝土的城市丛林里,听不见鸟语、吃不到未被污染的果蔬,但只要有一颗不被尘世污垢蒙蔽的心,有纯净的心灵,你就可能会在上班的林荫路上发现洒落的阳光,在下班拥挤的人潮中瞥见一抹天边的晚霞,就会体味幸福的人间滋味。

清欢是对人生、对生活的品味与享受,是对生活的热爱,是对生命的珍惜，是在执着与放逐间体味人生的诗意。

《小窗幽记》中有这样一段话："清闲无事，坐卧随心，虽粗衣淡饭，但觉一尘不淡；忧患缠身，繁扰奔忙，虽锦衣厚味，亦觉万状苦愁。"这段话所说的是，人生要有一种宁静致远的追求。清闲自在，喜欢坐就坐，喜欢躺就躺，随心所欲，在这种状态下，虽然穿的是粗衣，吃的是淡饭，但仍然会觉得心情平静，不会被一些日常凡俗之事所侵扰。相反，那些患得患失、烦恼缠身的人，成天为一些烦忧之事奔忙，这些人虽然穿的是华丽的衣服，吃的是山珍海味，也会觉得心中痛苦万分。

清闲自在，坐卧随心，这就是"清心"。从心理学上说，清心就是一种没有"心机"的心理状态，就是不动情绪、不执着，恬淡而自得，根据自己的本心去待人处事。

因此，清心从一定意义上说，又是一种生活之道。清心中孕育着童真，孕育着活力，孕育着快乐。

《菜根谭》中说："此身常放在闲处，荣辱得失谁能差遣我？此心常安在静中，是非利害谁能瞒昧我？"意思是说，只要自己的身心处于安闲的环境中，就不会在意荣华富贵与成败得失；只要自己的心灵保持安宁和平静，人世的是非与曲直都无法欺瞒自己。

老子主张"无知无欲""为无为，则无不治"。世人也常把"无为"挂在嘴边，实际上是很难做到的。但当一个人处在忙碌之时，或置身功名富贵之中，的确需要静下心来自省一番，闲下身来安逸一下。这时就能达到净心的境界，把人间的荣辱得失、是非利害视同乌有。这也有利于帮助自我调节，防止在追逐功名利禄的路上迷失方向。在洪应明看来，人生要豁达淡泊，降低欲望，看清生活中的是非利害与荣辱得失,从而体验更多生活的快乐。他也多次提到,人只有静观世事,做到身在局中、心在局外,才能客观地对待生活,不为外物所累,人间的种种现象也才能尽收眼底。

我国国学大师林语堂曾经讲过这样一个故事:

有一对年轻的美国夫妇,利用假期外出旅游。他们从纽约南行,来到一处幽静的丘陵地带,发现在这人烟稀少的小山旁边,有一个小木屋。

夫妻二人走到小木屋前,看见门前坐着一位老人。年轻丈夫上前一步问道:"老人家,你住在这人迹罕至的地方不觉得孤单吗?"

"你说孤单?不,一点儿都不孤单。"老人回答道。停顿了一会儿,老人接着说:"我凝望那边的青山时,青山给予我力量;我凝望山谷时,那一片片植物的叶子,藏着生命的无数秘密;我凝望蓝色的天空,看见那云彩变化成各式各样的城堡;我听到溪水的淙淙声,就像有人在向我倾诉衷肠;我的狗把头靠在我的膝上,我从它的眼神里看到了淳朴的忠诚。每当夕阳西下的时候,我看见孩子们回到家中,尽管他们的衣服很脏,头发也是蓬乱的,但是他们的嘴角上却挂着微笑。此时,当孩子们亲切地叫我一声'爸爸',我的心就会像喝了甘泉一样甜美。当我闭目养神的时候,我会感到有一双温柔的手放在我的肩头,那是我太太的手。每当碰到困难和忧虑的时候,这双手总是支持着我继续前行……"

老人见年轻夫妇没有作声,于是又强调了一句:"你说孤单?不,不孤单。"

这位老人的生活看起来是平淡的。然而在这个世界上,大部分人都很平凡,总期盼着过一些平淡的日子。平淡,不是没有欲望。属于我的，自然要争取；不属于我的，即使是千金、万金也不为所动，这就是平淡。安心于平淡的生活，并能以平淡的态度对待生活中的繁华和诱惑，让自己的灵魂安然自处，这样的人就像云彩一样的飘逸，像湖泊一样的宁静。这就是清心的境界。

其实，这位老人正是达到了清心的境界，才能如此清闲自在、坐卧随心，从平凡的生活之中感悟到生活的情趣，领略到生活的快乐。

在安闲中从容不迫，可以认识人生的本质；在淡泊中谦和愉悦，可以得到人生的真谛。

3. 功名浪语
——摆脱名利的束缚

◎ 出处

晁补之《摸鱼儿·东皋寓居》

◎ 原文

买陂塘、旋栽杨柳，依稀淮岸江浦。东皋嘉雨新痕涨，沙觜鹭来鸥聚。堪爱处最好是、一川夜月光流渚。无人独舞。任翠幄张天，柔茵藉地，酒尽未能去。

青绫被，莫忆金闺故步。儒冠曾把身误。弓刀千骑成何事，荒了邵平瓜圃。君试觑。满青镜、星星鬓影今如许。功名浪语。便似得班超，封侯万里，归计恐迟暮。

◎ 译文

买到池塘，在岸边栽上杨柳，看上去好似淮岸江边，风光极为秀美。刚下过雨，鹭、鸥在池塘中间的沙洲上聚集，很是好看。而最好看的是一川溪水映着明月，点点银光照着水上沙洲。四周无人，翩然独舞，自斟自饮。头上是浓绿的树幕，脚底有如茵的柔草，酒喝光了还不忍离开。

不要留恋过去的仕宦生涯，读书做官是耽误了自己。自己也曾做过地方官，但仍一事无成，反而因做官而使田园荒芜。您不妨看看，从镜子里可发现鬓发已经白了不少。所谓"功名"，不过是一句空话。连班超那样立功于万里之外的人物，被封为定远侯，但归故乡时已经年岁老大，也是太晚了。

◎ 赏析

在这首词中，词人不仅描写了东山田园的美丽景色，还叹恨自己为功名而耽误了隐居生涯。其主旨是表达对官场生活的厌弃，以及对美好田园生活的向往。

此词一反"词须宛转绵丽"的传统，慷慨磊落，直抒胸臆，感情爽朗，意境开阔，颇富豁达清旷的情趣。

作者对于"功名浪语""儒冠曾把身误"有着切身的感受，并非一般的激愤之词。所以，不能简单地认为这首词表达的是词人强烈的消极退隐思想。

在世上，没有人能摆脱名利的吸引与纠缠。

利欲熏心、争名逐利，把名利看得高于一切，就会迷失自我。对于名利，本应采取淡泊的态度，但古往今来，不知多少人为其所苦。

司马迁曾在《史记》中说："天下熙熙，皆为利来；天下攘攘，皆为利往。"虽然想要摆脱名利的束缚是不可能的，但是我们能修炼淡泊名利的心态。

其实，淡泊名利就是保持自我的本真，宠辱不惊、不卑不亢地活着。

名声和荣誉，是世人求之不得的东西，所以有沽名钓誉之徒，投机取巧、弄虚作假。这些不入流的品行为君子所不齿，君子不仅淡泊名利，有时还要抛下别人在意的社会性评价，反其道而行之，这就不仅仅需要勇气，更需要一种智慧。

《菜根谭》中说："富贵名誉，自道德来者，如山村中花，自是舒徐繁衍；自功业来者，如盆槛中花，便有迁徙兴废；若以权力得者，如瓶钵中花，其根不植，其萎可立而待矣。"这段话的意思是：一个人的荣华富贵，如果是因为施行仁义道德而得来的，就会像生长在大自然中的花一样，不断繁衍生息；如果是从建立的功业中得来的，就会像栽在花盆中的花一样，因移动或环境变化而凋谢；若是靠权力霸占或谋私所得，那这富贵荣华就像插在花瓶中的花，因为缺乏生长的土壤，很快就会枯萎。这就告诉我们，没有道德修养，仅靠功名、机遇或者强权得来的富贵名誉，不仅不能长久，而且可能会带来灾难。只有那些德行高尚的人，才能领悟个中道理，保住生命之花。

唐朝郭子仪爵封汾阳王，王府建在首都长安的亲仁里。汾阳王府自落成后，每天都是府门大开，任凭人们自由进进出出，而郭子仪不允许其府中的人对此加以干涉。有一天，郭子仪帐下的一名将官要调到外地任职，来王府辞行。他知道郭子仪府中没有禁忌，就直接走进了内宅。恰巧，他看见郭子仪的夫人和他的爱女正在梳妆打扮，而王爷郭子仪正在一旁侍奉她们，她们一会儿要他递手巾，一会儿要他去端水，使唤王爷就好像奴仆一样。这位将官当时不敢讥笑郭子仪，回家后，他忍不住讲给他的家人听，于是一传十，十传百，没几天，整个京城的人们都把这件事当成笑话来谈论。郭子仪并不在意，他的几个儿子听了反倒觉得太丢父亲的面子。他们决定对父亲提出建议，要他下令，像别的王府一样关起大门，不让闲杂人等出入。郭子仪听了哈哈一笑，几个儿子却跪下来哭着求他，一个儿子说："父亲您功业显赫，普天下的人都尊敬您，可是您自己却不尊重自己，不管什么人，您都让他们随意进入内宅。孩儿们认为，即使商朝的贤相伊尹、汉朝的大将霍光也无法做到像您这样。"

郭子仪听了这些话，收起了笑容，对他的儿子们语重心长地说："我敞开府门，任人进出，不是为了追求浮名虚誉，而是为了自保，为了保全我们全家人的性命。"

儿子们感到十分惊讶，忙问其中的道理。郭子仪叹了一口气，说道："你们光看到郭家显赫的声势，却没有看到这名声有丧失的危险。我爵封汾阳王，往前走，再没有更大的富贵可求了。月盈而蚀，盛极而衰，这是必然的道理。所以，人们常说要急流勇退。可是眼下朝廷尚要用我，怎肯让我归隐；再说，即使归隐，也找不到一块能够容纳我郭府一千余口人的隐居之地呀。可以说，我现在是进不得也退不得。在这种情况下，如果我们紧闭大门，不与外面来往，只要有一个人与我郭家有仇怨，诬陷我们对朝廷怀有二心，就必然会有落井下石、妨害贤能的小人从中添油加醋，制造冤案，那时，我们郭家的九族老小都要死无葬身之地了。"原来郭子仪之所以让府门敞开，是因为他深知官场的险恶，正因为他具有长远的政治眼光，又有一定的德行修养，能够忍受复杂的政治环境，必要时牺牲个人利益，才确保了全家安乐。

还是洪应明老先生说得对："势利纷华，不近者为洁，近之而不染者为尤洁；智械机巧，不知者为高，知之而不用者为尤高。"这话的意思就是说，面对诱人的荣华富贵和炙手的权势、名利，能够毫不为之动心的人，其品格是高洁的，而接近富贵和权势名利却不沾染一丝奢靡习气的，这种品格就更为高洁了。不知道投机取巧、玩弄权术手段的人，固然是清高的，而知道了却不去采用这些手段的人无疑是更清高的。也就是说，面对荣华富贵，能不被迷惑，洁身自好的人，才是真正的君子。

在名利场上获得了一定权势、地位的人，若想固守自己的一方净土，求得内心的安宁，就应当注重德行，一切顺其自然，不可强求。

4. 当时共我赏花人，点检如今无一半
——活在当下最重要

◎ 出处

晏殊《木兰花·池塘水绿风微暖》

◎ 原文

池塘水绿风微暖，记得玉真初见面。重头歌韵响铮琮，入破舞腰红乱旋。

玉钩阑下香阶畔，醉后不知斜日晚。当时共我赏花人，点检如今无一半。

◎ 译文

园里池塘泛着碧波，微风送着轻暖；曾记得在这里和那位如玉的美人初次相会。宴席上她唱着前后阕重叠的歌词，歌声如鸣玉一般。随

后,她随着入破的急促曲拍,舞动腰肢,红裙飞旋,使人应接不暇。

如今在这白玉帘钩和栅门下面,散发着落花余香的台阶旁边,我喝得酩酊大醉,不知不觉日已西斜,天色渐晚。当时和我一起欣赏美人歌舞的人们,如今详查,大多数早已离世。

◎ 赏析

《木兰花·池塘水绿风微暖》是宋代文学家晏殊的词作。这首词写作者在池塘旧地回忆往昔初识佳人的情景。开头两句与结尾两句为今日之事,中间四句为忆旧。绿水池塘,微风送暖,牵动词人对往昔的回忆。当时词人与玉真初次相见,歌舞曼妙,情难自禁,掐指细数当时一起在这儿赏花行乐的人,如今已零落过半,只能独自借酒消愁。结句由虚入实,感情沉着、情韵杳渺,表现出词人博爱的胸襟和对人生无常的伤感。

《列子·天瑞》中提到:"古者谓死人为归人。夫言死人为归人,则生人为行人矣。行而不知归,失家者也。"这是说生命随时都要回归,走向它必然的归宿,谁都难以预料明天将会发生什么。

故交零落,人生无常,死亡是谁也无法阻挡或者改变的结局。所谓"人生天地间,忽如远行客",大概就是这个意思。

曹操曾大唱:"对酒当歌,人生几何?"陶渊明哀叹:"人生无根蒂,飘如陌上尘"。苏轼说:"人生如梦,一尊还酹江月。"曹植说:"人生处一世,去若朝露晞。"人生无常,不过一场梦罢了……

年年岁岁花相似,岁岁年年人不同。人生只道是寻常,活在当下最重要。

那么,什么叫作"当下"呢?简单地说,当下就是指你现在正在做的事、生活的地理环境和人文环境。活在当下,就是要求人们把生活中所关注的焦点，集中在现在所处的人、事、物上面，全心全意地去接纳它们，认认真真地去品味它们，客观大度地去体验它们。

芭芭拉·安吉丽思曾经写过一本叫《活在当下》的书，她在书中说："当你存心去找快乐的时候，往往找不到，唯有让自己活在'现在'，全神贯注于周围的事物，快乐便会不请自来。"

安吉丽思结合她个人的经历说，她这一生都在努力掌握和控制身边的每一件事，尽力去完成自己制订的每一个目标。她是一个充满自信心的人，她相信一个人努力争取得越多，得到的快乐也会越多。可是，结果却大相径庭。她发现，她的努力正是阻止她获得快乐的最大障碍。而快乐，才真正是她努力想得到的东西。

经过反思，安吉丽思得出了这样一个结论：人生的意义，或许只不过是嗅一嗅身旁每一朵绮丽的鲜花，享受人生旅途上所收获的点点滴滴而已。因为，对于有限的生命来说，昨天毕竟已成为历史，明日如何尚不可知，唯有"现在"才是上天赐予我们的最好的礼物。

曾有一位资深新闻工作者，在他的书中这样写道：

假使，你的生命只剩下一天，明天就要结束，你今天想做什么？狠狠大吃一顿？彻夜不眠与爱人厮守？还是一个人躲起来大哭一场？

当生命走向尽头的时候，你问自己一个问题：你对这一生觉得了无遗憾吗？你认为想做的事你都做了吗？你有没有好好笑过、真正快乐过？

想想看，你这一生是怎么过的：年轻的时候，拼了命想挤进一流的大学；随后，你巴不得赶快毕业找一份好工作；接着，你迫不及待地结婚、生小孩；然后，你又整天盼望小孩快点长大，好减轻你的负担；后来，小孩长大了，你又恨不得赶快退休；最后，你真的退休了，不过，你也老得几乎走不动了……你突然发现,刚好可以停下来好好喘口气,可是,生命就这样要结束了?

其实,这不就是大多数人的写照吗?他们劳碌了一生,时时刻刻为生命担忧,为未来做准备,一心一意计划着以后发生的事,却忘了把眼光放在"现在",等到时间一分一秒地溜过,才恍然大悟"时不与我"。

的确,我们的整个心灵和身体,都生活在"现在",并且也只能生活在"现在"。那么,我们又为什么要一遍又一遍地去回顾往事、忧虑未来呢?

实际上,过去不论多么值得留恋或是多么让你悔恨,那也只是一种心理反应,"过去"已经过去,已经不再存在了;而"未来"还尚未到来,也是不存在的,因此无须一遍又一遍地忧虑。再说,未来是现在的延伸和发展,关注现在、把握现在,也就是关注并把握了未来。

有个小和尚,每天早上负责清扫寺院里的落叶。清晨起床扫落叶实在是一件苦差事,尤其是在秋冬之际,每一次起风时,树叶总随风飞舞,因此每天早上都需要花费许多时间才能清扫完,这让小和尚头痛不已。他一直想要找个好办法让自己轻松些。

后来有个和尚跟他说:"你在明天打扫之前先用力摇树,把树叶统统摇下来,后天就可以不用扫落叶了。"小和尚觉得这是个好办法,于是隔天他起了个大早,使劲地猛摇树枝,这样他就可以把今天跟明天的落叶一次扫干净了。一整天小和尚都非常开心。

第二天,小和尚到院子里一看,他不禁傻眼了。院子里如往日一样满地落叶。这时老和尚走了过来,对小和尚说:"傻孩子,无论你今天怎么用力摇树,明天落叶还是会飘下来。"

小和尚终于明白了，世上有很多事是无法提前去做的，唯有认真地活在当下，才是最真实的人生态度。对此，你可能会说："这有什么难的？我不是一直都身处日常生活中吗？"话是不错，问题是你是不是一直活得很匆忙，不论是吃饭、走路、睡觉、娱乐，你总是没什么耐心，急着赶赴下一个目标？因为，你觉得还有更大的目标等着你去完成，不能把多余的时间浪费在现在的这些事情上面。

不只是你，很多人都无法专注于"现在"，他们总是若有所思，心不在焉，想着明天、明年甚至下半辈子的事。有人说"我明年要赚更多钱"；有人说"我以后要换更大的房子"；有人说"我打算找更好的工作"……后来，钱真的赚得更多了，房子也换得更大了，职位也连升好几级，可是，他们并没有因此变得更快乐，甚至还是觉得不满足："唉！我应该再多赚一点儿，职位更高一点儿，想办法过得更舒适一点儿！"

这就是没有"活在当下"，就算得到再多，也不会觉得快乐，不仅现在不够，以后永远也不会觉得够。他们忘了真正的满足不是在以后，而是在此时此刻，事实上那些他们追求的美好事物，不必费心等待，现在便已拥有。或许人生的意义，不过是嗅嗅身旁每一朵花，享受一路走来的点点滴滴而已。毕竟，昨日已成历史，明日尚不可知，只有现在才是上天赐予我们最好的礼物。

5. 浮生长恨欢娱少，肯爱千金轻一笑
——别为金钱丢掉快乐

◎ 出处

宋祁《玉楼春·春景》

◎ 原文

东城渐觉风光好。縠皱波纹迎客棹。绿杨烟外晓寒轻，红杏枝头春意闹。

浮生长恨欢娱少。肯爱千金轻一笑。为君持酒劝斜阳，且向花间留晚照。

◎ 译文

漫步东城感到风光越来越好，绉纱般的水波上船儿慢摇。拂晓的轻寒笼罩着如烟的杨柳，唯见那红艳艳的杏花簇绽枝头。

总是抱怨人生短暂、欢娱太少，怎肯为吝惜千金而轻视欢笑？让我为你举起酒杯劝说斜阳，且为聚会向花间多留一抹晚霞。

◎ 赏析

《玉楼春·春景》是宋代词人宋祁的词作。此词赞颂明媚的春光，表达了及时行乐的情趣。上阕描绘春日绚丽的景色。"东城"句，总说春光渐好；"縠皱"句专写春水之轻柔；"绿杨"与"红杏"相互映衬，层次疏密有致；"晓寒轻"与"春意闹"互为渲染，表现出春天生机勃勃的景象。下阕直抒惜春寻乐的情怀。"浮生"二字，点出珍惜年华之意；"为君"二句，明为怅怨，实是依恋春光，情极浓丽。全词收放自如、井井有条，用语华丽而不轻佻，言情直率而不扭捏，着墨不多

而描景生动,把对时光的留恋、对美好人生的珍惜写得韵味十足,是当时誉满词坛的名作。

人生的压力、郁闷和无奈有时候并不是因为拥有的太少,而是因为欲望太多,总想得到更多的物质财富和享受,所以内心永远在疲惫的追逐中憔悴沉重。

即使费尽心力得到了想要的,新的欲望又会接踵而至。于是,还来不及休息,就开始了新的追逐……

心灵没有了闲暇安逸,快乐当然就不再光顾。

俗话说:"人为财死,鸟为食亡。"不要为金钱丢掉快乐。追逐物质财富虽然能给人带来一时的快乐,但是也在这物质繁荣的时代,剥夺了人们享受真正快乐的权利。

有些人把钱财看得太重,自己没有钱时眼红别人,不择手段、千方百计地得到钱财;自己有钱时又非常吝啬,亲兄弟之间甚至于对父母也是分厘必争。对这些人来说,钱财不仅不会给他们带来快乐,还会增加生活的负担。

邹韬奋是中国著名新闻记者、政论家和出版家。1926年开始,他在上海主编《生活》周刊。

1931年,有位读者写信给《生活》周刊,揭露当时的国民政府交通部部长王伯群贪污腐化,穷奢极侈,吃喝嫖赌,无恶不作。主编邹韬奋看完信十分气愤,他提笔一口气写了一篇编者按,指出高级官员如此腐败,实为国家的罪人、人民的公敌。

稿子正在排印时,王伯群闻知此事,急忙派了两名心腹,携十万元巨款直奔《生活》周刊报社。来人见了邹韬奋,假仁假义地说:"王部长一向关心报界诸人,最近拨下巨款,慰劳上海各大小报馆的编辑、记者。王部长说《生活》周刊是份非常好的刊物,他几乎每期必读。所以,专门嘱咐我们,送给《生活》周刊的慰劳经费要特别多些,以补助你们经费不足,请邹先生笑纳。"说毕,捧上十万元。

邹韬奋拒绝道:"我们《生活》周刊一向自力更生,从不接受任何津贴补助,请带回去还给王部长吧!"来人见这招无效,急忙改口道:"这笔钱不算津贴补助。如果邹先生认为名不正的话,我们就将这笔钱作为股金对《生活》周刊投资好了。请邹先生一定收下,我们也好回去交差。"

邹韬奋见他们还要死缠,便冷冷地说:"王部长既然如此慷慨,那就请你们二位将这笔钱捐赠给苏北地区几百万饥寒交迫的灾民吧!"两个人见邹韬奋态度坚决,不为这十万元所动,只好悻悻离开。

"人为财死,鸟为食亡。"看来这话只有一半是正确的。动物无信仰、无操守,为食而亡,不计利害;人则不同,君子爱财,取之有道,不义之财不取,这样的人就脱离了低级的动物性了。

大作家易卜生对金钱的认识可谓精辟。他指出:"钱能买来食物,却买不来食欲;钱能买来药品,却买不来健康;钱能招来熟人,却招不来朋友;钱能带来奉承,却带不来信赖;钱能使你开心,却不能使你幸福。"有一句西方谚语也说:"金钱能买到任何东西——除了幸福。"是的,金钱可以换来舒适的生活,却很难换到幸福。不能把单纯的物质享受、口腹之欲的满足同幸福混为一谈。我们很难说历史上那些帝王及家资万贯者比一般老百姓拥有更多的幸福。吃得久了,山珍海味也味同嚼蜡;消遣方式多了,也只是一时的满足。当一个人不得不为过多的金钱而提心吊胆,时刻担心自己的人身安全时,这个人就陷入了无穷无尽的恐惧和烦恼之中。那么,我们便不难理解"钱多了不是好事"的道理。

明代魏大中在42岁时中了进士，随即被授予官职，不久便感到索然寡味，准备归隐。他想起贫困时期同慈母娇妻爱子享受天伦之乐，想起与师友把酒言欢的快乐场面，慨然叹道："试问位高金多者还识此乐否？"

历史上有那么多大有作为的人放弃荣华富贵而甘愿过恬淡的生活，甚至退隐山林，无拘无束。他们才是人生真谛的领悟者。

在我们的现实生活中，也需要有放得下的清醒。其实，在物欲横流的今天，摆在每个人面前的诱惑实在太多，这就需要保持清醒的头脑，勇于放下。如果抓住想要的东西不放，甚至贪得无厌，就会得到无尽的压力和痛苦。

古语说："宠辱不惊，看庭前花开花落；去留无意，望天上云卷云舒。"这句话就道出了"放得下"的快乐，而作为现代人，我们为何不像他们一样，学会放下，给自己增加一点儿心理弹性，如此就会在生活中少一份烦恼，多一份快乐。

我们常说一个人要拿得起，放得下。而在付诸行动时，"拿得起"容易，"放得下"难。所谓"放得下"，就是遇到千斤重担压心头时，能及时卸掉心里的重担，使自己轻松自如。

6. 占得人间一味愚

——大智若愚是一种人生境界

◎ 出处

苏轼《南乡子·自述》

◎ 原文

凉簟碧纱厨。一枕清风昼睡馀。睡听晚衙无一事,徐徐。读尽床头几卷书。

搔首赋归欤。自觉功名懒更疏。若问使君才与术,何如。占得人间一味愚。

◎ 译文

簟席生凉,碧纱橱帐,白日里闲眠醒来,枕边轻风拂过。躺在床上听闻昨晚的衙门里没什么公事,慢慢地,把床头的几卷书给看完了。

抓着脑袋吟诵起归隐的诗句来,自己感到对功名利禄已经没多少兴趣。假如有人问起我的能耐如何,只不过是一个"愚"字罢了。

◎ 赏析

当别人问及苏轼的才学时,他通达、释然而略带自嘲地说自己是"占得人间一味愚"。言外之意,在他看来是否有才学并不重要,但自己到现在才看破功名,这才是真的"一味愚"。下阕中的议论,表面上看是自嘲,是在贬低自己,实际却是在表达一种摆脱尘世功名束缚的愿望,同时也是在庆幸自己已经慢慢摆脱了这些束缚。

古语云:"大智若愚,大巧若拙。"这句话的意思是拥有大智慧的人往往都表现得很愚钝,身手很灵敏的人往往都表现得很笨拙。其实,这是一种境界。人生中适当的"愚"是一种美德，也是一种智慧。

真正的聪明人往往是"揣着明白装糊涂"，给人的印象是表面茫然无知、糊里糊涂，实则冰雪聪明，心里透亮。

据说在春秋时期，楚王请了很多臣子们来喝酒吃饭，席间歌舞曼妙，美酒佳肴，烛光摇曳。同时，楚王还让他最宠爱的美人许姬向大家敬酒。

忽然一阵狂风刮来，吹灭了所有的蜡烛，漆黑一片，这时一位官员摸了许姬的玉手。许姬一甩手，扯掉了他的帽带，匆匆回到座位上并在楚王耳边悄声说："刚才有人乘机调戏我，我扯断了他的帽带，你赶快叫人点起蜡烛来，看谁没有帽带，就知道是谁了。"

楚王听了，连忙命令手下先不要点燃蜡烛，然后大声向各位臣子说："我今天晚上，一定要与各位一醉方休，来，大家都把帽子脱了痛快饮一场。"

众人都没有戴帽子，也就看不出是谁的帽带断了。

后来，楚王攻打郑国，有一健将独自率领几百人为三军开路，过关斩将，直通郑国的首都，而此人就是当年被扯掉帽带的那一位。因为楚王当年的宽容大度，他发誓毕生效忠于楚王。

楚王具备豁达、不落井下石的品质。当时面对臣子的一时糊涂，他选择了谅解。楚王之所以后来能够顺利地平定内乱、夺取霸业，成为春秋"五霸"之一，与他的宽容大度、善于笼络部属密不可分。

大智若愚实在是一种人生的境界和一种做人的谋略。

所谓愚，是指有意糊涂。该糊涂的时候，就不要顾忌自己的面子、学识、地位和权势，一定要糊涂；而该聪明、清醒的时候，则一定要聪明。由聪明转糊涂，由糊涂转聪明，则应左右逢源，不为烦恼所扰，不为人事所累，这样的人总是有更多成功的机会。

曹操焚烧他的下属私通袁绍书信的故事，在历史上就是非常有名的一个"糊涂事"。公元200年，袁绍在官渡决战曹操大败。曹操在收缴袁绍的书信时，发现自己军中有些将领写给袁绍的信。在别人看来，这正是一个清理内部不稳定因素的最佳时机。但是如果查出是谁，对曹操的事业来说没有任何的好处。袁绍被击败了，那些将领也已经断掉了想法和希望，而此时的曹操正处于艰难的起步阶段，很需要人手。

如果要查的话，肯定会引起这些人的惊慌和恐惧，内部会更加不稳定。所以，曹操在这个问题上表现得非常"糊涂"，他把收缴来的信全部付之一炬，说："当绍之强，孤犹不能自保，而况众人乎！"他对这些心意不稳定的人表示理解。事实证明，下属因为这件事感受到了曹操的信任，原本摇摆不定的人变得忠心耿耿，一心一意为曹操的事业服务。

在现实生活中，有时也需要装傻，这并不是说你要对所有的事情视而不见，而是说对于那些你难以预料后果的事情，如果没有能力解决，该糊涂的时候还是要糊涂的。装糊涂甚至是一种需要，不光你需要装糊涂，别人也希望你装糊涂，在一些与你干系不大的事情上不要插手。这样你自己平安无事，别人也开心，因为毕竟没有人愿意别人干涉自己的事情。当然，装糊涂也是有限度的，在大是大非上，我们还是要坚定立场，所谓小事糊涂、大事不糊涂，才是糊涂的真境界。

"装傻"是一种人生境界，并不是人人都能达到。当你具备了相当的品性，有了一定的修养，才能达到这种境界。装傻不等于真傻，有很多外表看上去很聪明，做事也很精明的人实际上是真傻，因为他已经把自己的优缺点暴露得一览无余。很多装傻的人实际上是极其聪明的，甚至比那些公认的聪明人要高明很多，但他们深知不必要的锋芒毕露有害无益，因此才装起糊涂来。

常言道："聪明难，糊涂更难。"是说我们在处理事情的时候要保持清醒的头脑很难，但要在适当的时候装糊涂更难。因此，大智若愚不仅是一种艺术，更是一种真正的人生大智慧。

7. 刚者不坚牢，柔者难摧挫
——柔弱胜刚强

◎ 出处

辛弃疾《卜算子·齿落》

◎ 原文

刚者不坚牢，柔者难摧挫。不信张开口了看，舌在牙先堕。

已阙两边厢，又豁中间个。说与儿曹莫笑翁，狗窦从君过。

◎ 译文

坚硬的事物容易折断，而看起来柔软的事物往往生命力顽强。如果不相信就张开嘴看看，舌头完好无损牙齿却已脱落。

两边的槽牙已经掉光，中间的切齿也开了个大洞。孩子们不要笑我稀落的牙齿似狗洞，这洞可以供你们进出耍着玩呀！

◎ 赏析

柔弱胜刚强，辛弃疾的这首词就告诉我们这样一个人生哲理。他认为刚正者不坚固，而柔软者易生存，就像口中坚硬无比的牙齿反而容易掉落，而柔滑的舌头却能长存一样，刚强未必是强，而柔弱未必是弱。老子也说过："舌之存也，岂非以其柔耶？"舌在而齿亡，刚摧而柔存，说明刚强终不胜柔弱。

春秋末期，郑国有一位叫子产的宰相。他执政的特点是刚柔并济，即在高压和怀柔两种政策中采取最适当的做法，把国家治理得国富民强。郑国是一个小国，想要在大国的觊觎之下力图生存，强化国力是当务之急，子产一方面提倡振兴农业，另一方面要确保军事费用，于是决定征收新税。对这个政策，郑国内一时间民怨沸腾，朝中大臣们也有不少人站出来反对，而子产却不让步，力排众议，实施既定政策。他说："为了国家利益，即使牺牲个人也在所不惜，我听说为善必须有始有终，如果虎头蛇尾，那么千辛万苦所做的一切都会付诸东流，我决心贯彻始终，绝不能因为他人的责难而改变初衷。"

过了几年，农村的振兴计划初见成效，农民的生活水平日益提高。这时，当年责备子产的国民也转而歌颂他不因他人非难而低头，能够对自己的政策贯彻到底的品质。这就是子产"刚"的一面。身为领导，有时就是要力排众议、坚持己见，方能获得成功。

子产"柔"的一面体现在他的教育政策上。当时各地普遍设有被称为"乡校"的学校，以培养知识分子。但是乡校往往为那些对政治不满的人所利用，当作政治活动场所，若任其发展下去，可能会对统治造成威胁。因此，有一些人提出关闭乡校的意见。

子产反驳说："其实不需要关闭乡校，众人在结束了一天的工作之后，聚集在那里批评政治，我们可以把他们的意见当作为政的参考，得到好评的政策便继续实行，若得到批评则加以改良，他们可以说是我们的老师啊！如果施以强压，也许会暂时抑制他们的言论，但那正如堵塞河川一样，虽然暂时堵住了，不久更大的洪水一定会滚滚而来，冲坏堤坝。如果到了这步田地，就真的无法挽救了。与其如此，反倒不如在平时慢慢疏通洪水，引导出一条水道，这样不是更合适吗？"由此可见，子产"柔"的政策就是宽容政策，允许别人发表不同意见，作为自己的借鉴，有则改之，无则加勉，这才是胸怀宽广的处世之道。

东汉建武元年（公元25年），刘秀在鄗阳称帝时，只拥有黄河以北的部分土地，攻占的多是些中小城市。然而刘秀有远大的政治抱负，不满足于偏安一隅。即位不久，他便亲率大军由黄河北岸的怀县（今河南武陟县附近）出发，沿河而上，包围了黄河南岸的洛阳。刘秀坐镇与洛阳一河之隔的河阳（今河南孟州市西），指挥围攻洛阳的战斗。

洛阳地处中原，自古就在政治上和经济上有着重要地位，是兵家必争之地。洛阳守将朱鲔，原是绿林起义军的将军，更始帝刘玄称帝时，拜其为大司马。此时刘玄已投降赤眉军，但朱鲔仍然坚守此地。洛阳城高墙坚，粮草充足，加上朱鲔固守，刘秀大军围攻三个月终不能破城，不免心中着急。到了十月，刘秀正为洛阳久攻不下而烦躁，突然想起了大将岑彭。岑彭在新朝时是棘阳县令，在刘演攻克宛城时被俘。当时刘玄主张杀掉他，被刘縯说情救下，后一直在刘縯手下。不久，刘縯被刘玄杀害，岑彭就当了朱鲔的校尉，后被朱鲔推荐为淮阴都尉。因此，岑彭和朱鲔之间有过一段交情。

刘秀带岑彭来到皇帝行辕，派他去劝降朱鲔。

岑彭欣然接受了任务。他来到洛阳城下，高声叫道："请禀告朱将军，故人岑彭求见！"守城小将立即通报了朱鲔。朱鲔心想，岑彭现为刘秀大将，这时候到此，莫非是劝降吗？便身着战袍，站在城头之上。二人互道别情以后，岑彭接着说："过去，我有幸追随麾下，又承蒙将军提拔，常思报恩。如今赤眉已下长安，更始帝刘玄败亡。光武皇帝平定燕赵，尽有幽燕，百姓归心，有识之士纷纷来投。今陛下兵临洛阳城下，正是将军建功之时。天下重归于汉乃大势所趋，将军为什么还坚守这座孤城呢？"朱鲔俯下身，十分恳切地说："足下所说的道理，我自然领悟。只是三年前大司徒刘縯被害时我也曾参与谋划；后来刘玄遣萧王（刘秀）北伐，我又出面谏止。所以对于萧王而言，我是个有罪的人，萧王怎么会宽恕我呢？"

岑彭返回河阳，把朱鲔的顾虑告诉刘秀。刘秀听后笑了笑说："欲建大事者，岂能记人小怨？朱将军若肯献城来降，官爵均可保留，何谈诛罚？"然后，刘秀又手指黄河诚恳地说："我以河水为誓，决不食言！"岑彭上马重回城下，把刘秀的话转告朱鲔，朱鲔从城上垂下一条绳索，说："你讲的若是真话，就请顺此绳爬上城来。"岑彭毫不迟疑地抓住绳子，才爬了一段，朱鲔就在城上说："足下勿登，我信服就是！容我准备一下。"

五天以后，朱鲔对守城的部下说："我先去探望虚实，你等仍旧守城，如我不归，尔等率军南下，投奔郾王尹尊。"尹尊是刘玄所封的郾王。同时受封的还有朱鲔，但朱鲔反对刘玄封异姓王，自己曾拒而不受，才改为大司马，可见朱鲔对汉朝是十分忠诚的。他安排好之后，单骑来到汉营，先见岑彭，并自缚其身，由岑彭带至刘秀行辕。刘秀正坐在榻上，见二人来到，急忙起身迎接，并亲去其缚。朱鲔跪在地上，说道："臣知有罪，望陛下宽恕。"刘秀急忙把朱鲔扶起，并为他掸去膝上的尘土，宽容地说道："为主尽忠，何罪之有？请将军勿这样说，今能与将军共同匡复汉室，真是社稷之幸，天下之幸。"

刘秀命手下准备酒宴，赐朱鲔同饮。席间，谈笑甚欢，不知不觉中，朱鲔的顾虑全部消除了。宴罢，刘秀命令岑彭"送朱将军过河，然后请朱将军自归洛阳"。朱鲔回到洛阳，对诸将说刘秀不记旧怨、宽厚大度，是位圣明的英主。大家都十分高兴。第二天，朱鲔率全体守城将士向刘秀投降，被刘秀封为平狄将军、扶汉侯。

刘秀曾说："我治理天下，想行以柔术。"他是这么说的，也是这么做的。他对下属很少刑杀立威。至于部属的一些小过失，刘秀一般会抱宽容态度，不予计较。即使对有深仇大恨的人，仇家一旦改过自新，刘秀也照样不计前嫌、予以重用，而且论功行赏。刘秀之所以在众多竞争对手中夺得天下，这与他的怀柔策略有着很大的关系。

刘秀的这种策略确实高明，不但不"削刺"，而且还"护刺"，给他们封赏，宽恕罪责。这是治国的上好之策。得道者多助，天下英雄都投奔到他麾下为他所用，得天下自然在情理之中。

实际上，上司为了安抚下属，也需要表现出让步的姿态，尤其在地位还不巩固的时候，更需要团结下属。这当然有些无奈的成分，但为了笼络人心、取得成功，这些无奈算不了什么。

汉高祖四年，韩信派人对汉王说齐国伪诈多变，是个反复无常的国家，请汉王答应暂时由他代理齐王，这样更便于稳定局势。谁都明白，这是韩信凭借自己的功劳和地位来要挟汉王，所以汉王一听，暴跳如雷，骂道："我被围困在这儿，日夜都盼望你来，你却想要造反吗？"张良和陈平在汉王耳边小声说："汉朝正当不利的时候，怎么能禁止韩信自称为王？不如就此立他为王，使他自守。不然的话如果发生变乱，后果不堪设想。"汉王醒悟过来，说道："大丈夫定诸侯，应当做真王，为什么要代理王呢？"于是就立韩信当了齐王。

其实，刘邦封韩信为齐王并非真心，只是形势所迫的权宜之计，最终在定了天下，没了后顾之忧时，就伸出利爪，伸向韩信的喉咙。

刚强的东西容易破坏，柔软的东西反倒难以摧毁。因此，获得最终胜利的往往不是刚强者，而是柔弱者。

第八章

人生如逆旅,我亦是行人——时光易逝,珍惜人生

人生就是一场修行,一场旅程,每个人都只是一个匆匆的过客,或走或停,就这样慢慢走完人生征途。人生短暂,时光易逝。时间是组成生命的材料,浪费时间就是对生命的亵渎。只有珍惜时间,才是对生命最大的尊重,才能做生命的主宰。

1. 一场愁梦酒醒时，斜阳却照深深院

——一寸光阴一寸金

◎ 出处

晏殊《踏莎行·小径红稀》

◎ 原文

小径红稀，芳郊绿遍，高台树色阴阴见。春风不解禁杨花，蒙蒙乱扑行人面。

翠叶藏莺，朱帘隔燕，炉香静逐游丝转。一场愁梦酒醒时，斜阳却照深深院。

◎ 译文

小路旁的花儿日渐稀少，郊野却是绿意盎然，高高的楼台在苍翠茂密的树丛中若隐若现。春风不懂得去管束杨花柳絮，好似那蒙蒙细雨乱扑人面。

黄莺躲藏在翠绿的树叶里，红色的帘子将飞燕阻隔在外，炉香静静燃烧，香烟像游动的青丝般缓缓上升。醉酒后从一场愁梦中醒来时，夕阳正斜照着幽深的庭院。

◎ 赏析

此词写暮春闲愁。上阕写郊外的春景，蕴含淡淡的愁思，将春之气息表现得淋漓尽致；下阕写身边的春景，进一步对愁怨做铺垫，表达了词人面对时光匆匆逝去的无奈和哀伤。

时间是一条有始有终的河流，而人类不过是这时间之河中的一朵浪花。在时间的河流中，一个人的生命是短暂的，甚至你还没有醒过神

来，生命就快要走到终点了。时间就是生命，人都活在有限的时间里。所以，你必须合理地安排自己的时间。

时间河流中的生存智慧就是管好自己的时间，节约时间，对每一天有合理的安排，不要让时间被浪费掉。珍惜时间，就是珍惜你的生命。

"光阴似箭，日月如梭""一寸光阴一寸金，寸金难买寸光阴""时间就是金钱，时间就是生命"……这些警句都是在告诫人们要珍惜时间。

法国思想家伏尔泰，曾经出了一个有趣的谜语："世界上哪样东西是最长的又是最短的；最快的又是最慢的；最能分割的又是最广大的；最不受重视的又是最受珍惜的。没有它，什么事情都做不成；它使一切渺小的东西归于消灭，使一切伟大的东西生命不绝。"

这是什么呢？这就是时间。高尔基的回答同样充满辩证性："世界上最快而又最慢，最长而又最短，最平凡而又最珍贵，最容易被忽视而又最令人后悔的就是时间。"

时间有长短、快慢、平凡与珍贵的区别吗？

有，也没有。

说有，是因为对个人生命而言，时间长度是有区别的；说没有，是因为时间本身是不变的，对人类而言是没有区别的。

我们都生活在时间里，区别就在于每个人使用时间的方法不同，因而，生命的价值和意义就不同。所以，每个人都想在自己有限的时间里，实现人生无限的梦想。

汉代有一首题为《长歌行》的乐府诗这样写道："百川东到海，何时复西归？少壮不努力，老大徒伤悲。"

可见古代人对生命和时间就有了清醒的认识。其实，人从出生就开始对自己的时间做出安排。在少不更事的时候，这种安排要由其家长来进行，一旦长大成人，人就要对自己负责，就得安排自己的生活，以保证实现自己的人生目的。

安排好自己的时间，接下来就要按照安排去实践，去实现人生的价值。时间就是在实践过程中慢慢流逝的。在你的生活中，时间就像布袋子里的水，是存不住的，不知不觉就漏光了。

管好自己的时间，不要让时间溜走。

面对看不见、摸不着、触不到的匆匆时光，我们已经习以为常。当我们不经意地、若无其事地生活时，时光却在我们洗手时、吃饭时、沉默时头也不回地从我们身边溜走。当我们企图挽留它时，它却悄悄地、敏捷地走过，没有半点儿踪迹，没有丝毫的留恋，没有一丝不舍。原来，我们对待时光的"遗弃"竟然这样束手无策。

古往今来，人人都知道时间是宝贵的。有了时间才可以学习、工作，才可以增长知识，创造财富。但"在逃去如飞的日子里"，我们最终的归宿都只能是"赤裸裸来到这世界，转眼间也将赤裸裸地回去"，到底在这期间能留下什么痕迹，难道真的要白白走这一遭吗？这是每个人在生命的尽头蓦然回首时，都情不自禁要思索的问题。但匆匆人生，没有预演，也没有重演，我们不可能有机会计划好整个生命的历程，也无法预知未来会发生什么事情。

时间老人给每个人的时间都是一样的，而每个人安排时间的方法却截然不同。有的人顾此失彼地活着，总是停滞不前，哀悼无所建树的昨天，结果只能蹉跎岁月；有的人东拼西凑地活着，做一天和尚撞一天钟；有的人大智若愚地活着，总结好昨天，过好今天，把握好明天……正确安排时间的人必将生活得充实幸福，浪费时间的人则会碌碌无为、追悔莫及。

过去的就让它过去，消失的就让它消失，从现在开始，不要再让灵魂在匆匆的时光河流里虚无地徘徊。把握好生命的每一分钟，只要不虚度，就永远不会后悔，任何珍惜时间的事情都可以让生命之花绽放出夺目的色彩、散发出醉人的芬芳。珍惜时间，就是珍惜生命！

古人云："一寸光阴一寸金。"人的一生说长也长，说短也很短。对于碌碌无为混日子的人而言的确很长，因为过的每一天似乎都没有意义；而对拼搏向上的有志者，生命的每一分钟都是如此的宝贵。人的时间是有限的，要想创造成功的人生，就得对自己从青少年到老年的生活有一个整体的安排和规划，有步骤地实现人生的构想。

2. 又不道流年暗中偷换
——浪费时间就是浪费生命

◎ 出处

苏轼《洞仙歌·冰肌玉骨》

◎ 原文

……

冰肌玉骨，自清凉无汗。水殿风来暗香满。绣帘开，一点明月窥人，人未寝，欹枕钗横鬓乱。

起来携素手，庭户无声，时见疏星渡河汉。试问夜如何？夜已三更，金波淡，玉绳低转。但屈指西风几时来，又不道流年暗中偷换。

◎ 译文

冰一样的肌肤，玉一般的身骨，自然是十分清凉没有一丝汗渍。宫殿里清风徐来暗香弥漫。绣帘被风吹开，一线月光把佳人窥探，佳人斜倚在枕边还没有入眠，金钗横着，鬓发乱蓬蓬。

他起来携着她的小手，漫步在寂静的庭院当中，时而可见细数流星渡过银河。试问夜已多深？三更已经过去，月光暗淡，玉绳星低旋。屈指掐算什么时候秋风会来，不知不觉感到似水流年悄然逝去。

◎ 赏析

《洞仙歌·冰肌玉骨》是宋代文学家苏轼的词作。词人以丰富的想象力，再现了五代时期后蜀国君孟昶和他的贵妃花蕊夫人夏夜在摩诃池上消夏的情形，突出了花蕊夫人美好的风姿与品质，抒发了作者惜时的感慨。

生命是用时间来计算的，珍爱生命就要珍惜时间；反之，浪费时间就是在浪费生命。

在工作当中浪费时间，实际上也是在浪费生命。在管理者的眼中，时间就是资本，利用好时间，就可获得不断增值的时间效应，而浪费时间，就是在浪费数量可观的时间资本。作为一个职场人士，应该好好利用每一分钟的价值。凡是在工作中表现出色、得到赏识的年轻人，都懂得抓住工作时间的分分秒秒，只有这样，他们才能在同样的时间内做比别人更多的事情，从而取得更高的业绩，得到升迁机会。

一个部门经理在介绍自己的成功经验时说："时间是挤出来的，你不去挤它就不会出来。每个人的一天都只有二十四个小时，你不善于挤，就会跟其他人一样，忙忙碌碌却只是平庸地度过一生。"

梦丽在一家律师事务所工作，她平均每年负责处理的案件多达百余宗,而且她的大部分时间都是在飞机上度过的,那么她怎么能有足够的时间来处理如此多的事情呢?其实她有一个非常好的习惯,那就是在飞机上处理未完成的工作,剩余时间用来与客户们保持良好关系。一次,一位同行的旅客跟她攀谈起来:"在飞机上的两个小时里,我看到你一直在工作,你一定会深受领导器重的。"梦丽笑着说:"我已经是领导了,我只是不想让时间白白浪费而已。"

成功人士往往会珍惜每一分钟,有效利用每一分钟,使每一分钟都具有价值。

有一本商业杂志曾经采访过众多的知名企业家,当问到他们的成功秘诀时,很多人都提到了合理利用时间。有一位企业家认为,很多人抱怨他们没有足够的时间处理工作,其实这意味着他们应该更好地规划和利用时间。

要想在职场中做出业绩、取得成功,就要学会珍惜时间,合理规划和利用每一分钟,这样的工作才是高效率的,这样的人才是能受到管理者器重的人,他们迟早会取得事业的成功。

做一个职场人士,不仅要善于抓住点点滴滴的时间工作,还应该懂得合理规划时间。可以尝试用以下几个方法驾驭时间、提高工作效率。

一、善于集中时间

千万不要平均分配时间,应该把你有限的时间集中起来去处理最重要的事情,不要每一个工作都做,要机智而勇敢地拒绝不必要和不重要的事。

一件事情发生时就要问:"这件事情值不值得去做?"千万不能什么事都做,更不可以因为没闲着、没偷懒,就感到心安理得。

二、善于把握时间

每一个机会都是引起事情转折的关键时刻,有效地抓住时机可以牵一发而动全身,用最小的代价取得最大的成功,促使事物转变,推动事情向前发展。

如果没有抓住时机,常常会使已经快到手的成果付诸东流,导致"一着不慎,满盘皆输"的严重后果。因此,想取得成功的人必须审时度势,捕捉时机,把握关键,做事恰到"火候",以赢得机会。

三、善于协调两种时间

对一个人来说,存在两种时间:一种是可以由自己控制的时间,叫作"自由时间";另外一种是对他人他事的反应时间,不由自己支配,叫作"应对时间"。

这两种时间都是客观存在的,都是必要的。没有"自由时间",完完全全处于被动、应付状态,不会自己支配时间,就不是一个成功的时间管理者。

可是,要想绝对控制自己的时间在客观上也是不可能的。想把"应对时间"变为"自由时间",实际上也就侵犯了别人的时间,这是因为一个人的完全自由必然会造成他人在一定程度上的不自由。

四、善于利用零散时间

时间不可能完全集中,常常会出现许多零碎的时间。要珍惜并且充分利用大大小小的零散时间,用零散时间去做零碎的工作,从而最大限度地提高工作效率。

五、善于运用会议时间

召开会议是为了沟通信息、讨论问题,从而帮助领导安排工作、协调意见、做出决定。很好地运用会议时间,就会提高工作效率,节约大家的时间；运用得不好，则会降低工作效率，浪费大家的时间。

时间对每一个人都是平等的，成功与否，关键就在于你怎么利用每天的二十四个小时。

3. 无可奈何花落去，似曾相识燕归来
——珍视自己的生命

◎ **出处**

晏殊《浣溪沙·一曲新词酒一杯》

◎ **原文**

一曲新词酒一杯，去年天气旧亭台。夕阳西下几时回？

无可奈何花落去，似曾相识燕归来。小园香径独徘徊。

◎ **译文**

听一支新曲喝一杯美酒，还是去年的天气旧日的亭台，西落的夕阳何时才能回来？

花儿凋落让人无可奈何，归来的春燕似曾相识，独自在弥漫花香的园中小路上徘徊。

◎ **赏析**

这是晏殊词中最为脍炙人口的篇章，表达了词人伤春惜时之情。"夕阳西下几时回？"夕阳西下，是眼前景色，但由此触发的，却是词人对时光流逝的怅惘，以及对美好事物重现的希望。词人的思绪从眼前的景物，扩展到整个人生，其中不仅有感性活动，而且包含着理性的思

考。夕阳西下，是无法阻止的，只能寄希望于太阳再次升起，而时光的流逝、人事的变更，却再也无法重复。"无可奈何花落去，似曾相识燕归来。"花的凋落、春的消逝和时光的流逝，都是不可抗拒的自然规律，再惋惜流连也无济于事，所以说"无可奈何"，这一句承接"夕阳西下"；然而在这暮春时节中，词人感受到的并不只是无可奈何的消逝，还有令人欣慰的重现，那翩翩归来的燕子不就像是去年曾在此处安巢的旧时相识吗？这一句对应着"几时回"。花落、燕归虽也是眼前景，但通过与"无可奈何""似曾相识"相联系，它们的内涵便变得更加广泛，意境也更加深刻，带有美好事物的象征寓意。在惋惜与欣慰的交织中，蕴含着一种生活哲理：对于一切必然要消逝的美好事物，人都无法阻止其消逝，但在旧事物消逝的同时仍然会有美好事物的再现，生活不会因消逝而变得一片虚无。

每个人的生命只有一次，而且无法选择。人总有美中不足之处，或是长相，或是个性，或是运气；人生也不可能一帆风顺，天有不测风云，人有旦夕祸福。

元曲大师钟嗣成在《自序丑斋》中自嘲说自己的长相是："争奈灰容土貌，缺齿重额，更兼着细眼单眉……自知就里，清晨倦把青鸾对，恨杀爷娘不争气，有一日黄榜招收丑陋的，准拟夺魁。"长得丑陋，便恨爹恨娘，自己瞧不起自己，懒得梳妆打扮，失去了生活的趣味，这样人生就被自己葬送了。

小林也在经历过这样一段日子后重新审视自己，改变了态度，从而更加热爱生命。她说："青春期我也因为无知，为自己的丑陋自卑了好几年，但没有任何用处，长时间因为外貌而焦虑，丝毫不能改变现状，而且还徒然增添了精神层面的压抑。之后年龄大了，索性不再关注自己的外貌了，而是从其他层面认识自己。"

这个"索性"让她从自卑心理中走了出来，不再为外表所累，从而能够发挥自己生命的长处，获得了人生的自信。她这样对自己说："或许我的外表没有那么美，但我相信世间的美好，我对人慷慨而且真诚；我的世界有花有果，有笑有泪；我的生活不是一片荒野，我还拥有热情的笑容。"

小林从热爱自己的生命开始，实现了由自卑到自信精神美化。

其实，不管美丑，生命来到世上都是平等的，都有实现梦想的潜力。热爱生命首先就要克服自卑的心理，树立自信心。

我们必须明白，生命不可能尽善尽美，不足与缺陷是自然存在的。接受这个现实，我们就能以平常心态对待自己，就不会自惭形秽、自我贬低。

热爱自己的生命就应该树立强大的自信心。自信心是人生成功的重要前提之一。

一个大学毕业生到广州去应聘一份记账的工作。他出生在会计家庭，父亲从小就教他算账、记账，然而他却没有自信，招聘人问他一些业务相关的问题时，本来得心应手的他却怯懦地说："我不会，我没做过。"很显然，他不可能争取到这个岗位。

有自信就能应对各种困难，在任何情况下，都能调动智慧去克服眼前的难题；没有自信，就会在困难面前认输，败下阵来。

日本指挥家小泽征尔有一次去欧洲参加大赛，决赛时，他被安排在最后一位。小泽征尔拿到评委交给的乐谱后，稍作准备，便全神贯注地指挥起来。突然，他发现乐曲中出现了一段不和谐的旋律。因此，他认为乐谱存在问题。可是，在场的作曲家和评委会的权威人士都郑重声明乐谱不会有问题，这只是他的错觉。面对几百名国际音乐界的权威人士，他难免会对自己的判断产生犹豫，甚至动摇。但是，他考虑再三，还是认为自己的判断是正确的。于是他斩钉截铁地大声说："不，一定是乐谱错了。"评委席上的那些评委们立即站了起来，向他报以热烈的掌声，祝贺他在比赛中夺冠。

原来这是评委们存心设下的一个"圈套"，以考验指挥家们在发现错误而权威人士不承认的情况下，是否能坚持自己的正确判断。因为只有具备这种素质的人，才能真正称得上世界一流的音乐指挥家。三名选手中，只有小泽征尔相信自己的判断，大胆地否定了权威的意见，因而获得了这次比赛的冠军。

缺乏自信的人在权威面前只会俯首称臣，怀疑自己，完全相信权威；只有自信心极强的人才能坚持自己的看法，对权威提出疑问。小泽征尔就是凭借自信取胜的。

热爱自己的生命就要相信自己生命的价值，相信自己会获得成功。

热爱自己的生命就要为自己的生命设置一个可能达到的目标，使生命获得应有的价值和意义。

每个人来到世上都有一个目标，这个目标的设置是你热爱自己生命的理由。如果每天"饱食终日，无所用心"，那么与行尸走肉有什么区别？

有了目标，一个人才能够承受生活的考验与打击。

韩信年轻时，一群地痞无赖故意刁难他，让他从别人的胯下爬过去。面对这种羞辱，韩信没有恼羞成怒，而是顺从地爬了过去，继续走他的路。

为什么韩信能忍受这种奇耻大辱呢？因为他心中有更高、更大、更宏伟的目标。在我们现实生活中，这样的小事每天都会发生，没有远大目标的人就会为这种事赤膊上阵，斤斤计较，决一雌雄，这是凡夫俗子的荣辱观。

有了目标，人生就有了前进的方向和动力，你会觉得日子过得很充实，每天都很快乐，因而就会更加热爱自己的生命。

热爱自己的生命就要付诸实际行动。热爱生命是你走向生活的第一课，热爱自己的生命，你才会懂得尊重他人的生命。而且，这种热爱之情不应是埋在心里、停留在口头上的，而是要变为行动，实实在在地在某些方面实现。具体应该怎么做呢？我们不妨列举几个方法，以供参考。

一、每天照照镜子，看看自己的神态是否快乐，以一种整洁优美的姿态面对生活。

二、注意衣着服饰。穿衣不必追求奢华，但求整齐、洁净、合适、得体。

三、微笑面对每一天。

四、积极交友，避免树敌。

五、按计划完成每天的工作，不要拖延。

六、把工作区域整理得井井有条，不要像仓库一样杂乱。

七、每天坚持一个小时的身体锻炼，比如打球、散步、打太极拳等。

八、每天和家人交流感情。

九、定期和朋友聚一聚，交谈各种问题，互通信息。

十、助人为乐，广行善事。

能这么做，就证明你真正热爱自己的生命，真正热爱生活。

人要热爱自己的生命，及时采撷生命的乐趣，犹如采撷那一朵朵夏日娇艳的玫瑰。尽情活着吧，任你活了多少个年岁，你总会从生命中获得更多。只要把每天想象成你的最后一天，你就会发现明天更加值得期待。

4. 莫等闲，白了少年头，空悲切
——抓住时间，利用时间

◎ 出处

岳飞《满江红·怒发冲冠》

◎ 原文

怒发冲冠，凭阑处、潇潇雨歇。抬望眼、仰天长啸，壮怀激烈。三十功名尘与土，八千里路云和月。莫等闲、白了少年头，空悲切。

靖康耻，犹未雪；臣子恨，何时灭。驾长车、踏破贺兰山缺。壮志饥餐胡虏肉，笑谈渴饮匈奴血。待从头、收拾旧山河，朝天阙。

◎ 译文

气得头发竖起，以至于将帽子顶起，登高倚栏杆，一场潇潇急雨刚刚停歇。抬头放眼望去四周辽阔一片，仰天长声啸叹，一片报国之心充满心怀。三十多年来虽已建立一些功名，但如同尘土微不足道，南北转战八千里，经过多少风云人生。不要虚度年华，煞白了少年黑发，只有独自悔恨悲悲切切。

靖康年的奇耻，尚未洗雪。臣子的愤恨，何时才能泯灭？我要驾着战车向贺兰山进攻，踏破敌人营垒。我满怀壮志，打仗饿了就吃敌人的肉，谈笑渴了就喝敌人的鲜血。我要从头再来，收复旧日河山，再回京阙报捷。

◎ 赏析

"莫等闲，白了少年头，空悲切"与"少壮不努力，老大徒伤悲"所要表达的意思相近，反映了词人珍惜时间、积极进取的精神。

时间摸不着、看不到，你可以随意浪费时间，但同时你也会得到时间的惩罚。年年岁岁花相似，岁岁年年人不同，希望我们每个人都能记住"莫等闲"。

时间是个贼，它偷光你所有纯真的梦想和希望，它猖狂地抢走你的青春，你不能反抗、不能申诉，只能眼睁睁地看着它带着原本属于你的东西渐渐远去，而你无论怎样奔跑，都只能与你当初拥有的一切越来越远。

当你每天回到家的时候，总觉得空空落落，你丢了什么？你检查了个遍，发现什么也没有丢，什么东西都在。其实，你确实丢了东西，丢了生命的一部分：时间。

是谁偷走了你的生命？你在不知不觉间就失去了青春，失去了活力，失去了成功的机会……有一天突然发现，自己已是耄耋老人。

时间是个贼，它偷走了你的年华，偷走了你的梦想，偷走了你可能拥有的一切。这时候，你才恍然大悟，抓不住时间这个贼，你就什么都得不到。谁抓住了时间这个贼，谁就抓住了成功的机会。

要想获得成功，你就必须保持百倍的警惕，不要让时间偷走了你的生命。你一定要努力抓住时间，用有限的生命追寻无限的可能。

诸葛亮初出祁山，便连取三郡，屡败曹真，关中震动。魏明帝曹叡御驾亲征，率军从都城洛阳出发到西京长安坐镇，起用司马懿为平西都督，命令他调集南阳诸路人马，速到长安会合，被魏明帝革职而在宛城闲住的司马懿接到诏书，立即调集军队准备赶赴长安。忽然，金城太守申耽派人告知司马懿，孟达正在谋反。孟达原为刘备部将，因未发兵支援在荆州受困的关羽，害怕刘备治罪而降魏，领新城太守，镇守新城、金城、上庸等处。魏文帝曹丕死后，孟达深感自己不受曹叡重视，加之"朝中多人嫉妒"，便打算乘诸葛亮北伐累胜之机，起新城、金城、上庸三处兵马降蜀反魏，径取洛阳，与诸葛亮取长安的大军两相配合，以图克复中原。司马懿得到这一紧急情报，当即决定就近征讨孟达。长子司马师建议急写表章火速申奏皇帝，司马懿说："若等圣旨，往复一月之间，事无及矣。"于是自作主张，一面派参军梁畿连夜赶往新城，传命孟达做好与司马懿同赴长安的准备，以稳住这个准备造反的将领，使其不做防备，一面传令全军向新城进发，"一日要行三日之路，如迟立斩！"梁畿先行，司马懿随后发兵，秘密倍道而进。孟达听信了先期到新城的梁畿的话，以为司马懿已去了长安，丝毫未加防范，正暗自得意"吾大事成矣"的时候，司马懿大军突然出现在城下，在作为内应的申耽等人的配合下，以迅雷不及掩耳之势一举平定了这场叛乱。

常有人抱怨总被时间追着跑，工作生活难两全。其实，只要懂得"管"时间和"偷"时间的窍门，两者可以兼得。

时间好像用之不竭，昨天和今天没什么大的区别，今天和明天也没有什么不一样，一年四季，年复一年，任我们挥霍。当我们个子长高了，慢慢又变矮了，头发由黑变白了，才觉年华已逝，才发现人生有如此多的遗憾。但是，过去的时间却再也找不回来了。

成功的秘诀就是管好自己的时间，不管是你的学习时间、工作时间还是休闲时间，每天都要有一个合理的安排，这样你的时间就不会白白溜走。

凡是事业上有成就的人，都很重视时间的利用。如果你想创造成功的人生，在事业上有所作为，就必须在平时训练自己利用时间、重视时间的习惯。

怎样才能抓住时间这个贼呢？以下是几种有效的方法：

第一，规划你的生活，制订一个生活、工作、学习和休闲的时间表。

第二，按照时间表开始生活。

第三，培养决断力，采取"从现在开始做"的态度，对待每一件事情。

第四，写下已经拖延很久的事情，定下补做的时间。

第五，不要给时间留下空白。

如果你能照着这样做，就能抓住时间，这时你会非常惊讶地发现，你实际上可以做很多事情，而过去的自己竟然常常说："我没有时间。"原来是时间被偷走了，你却没有发现。把每天的时间都进行登记管理，按照生活习惯做出合理的安排，你就不会浪费自己的生命，就能在有限的时间里完成自己想做的事情，从而获得成功。

5. 如此春来春又去，白了人头

——不放弃一分一秒的时间

◎ **出处**

欧阳修《浪淘沙·今日北池游》

◎ **原文**

今日北池游。漾漾轻舟。波光潋滟柳条柔。如此春来春又去，白了人头。

好妓好歌喉。不醉难休。劝君满满酌金瓯。纵使花时常病酒，也是风流。

◎ **译文**

今日同朋友一起来到北潭游耍，水波荡漾着小船。波光潋滟，柳条轻柔。就这样春来了又去了，人也白了两鬓发。

朋友啊，看看那漂亮的歌妓，听听她们美妙的歌喉，大家一起拿起酒杯吧，今天不醉不休。劝这位友人斟满那一杯酒，即使在花间我们饮多了酒，但那是别样的风流。

◎ **赏析**

"如此春来春又去，白了人头"二句，感叹春来春去，美好年华也随之逝去。因为年华易逝，所以我们要珍惜一分一秒的时间。

著名物理学家爱因斯坦认为，人与人之间最大的区别就在于如何利用时间。我们出生时，世界送给我们最好的礼物就是时间。不论对穷人还是富人，这份礼物是如此公平：一天24个小时。我们每一个人都用它来投资经营自己的生命。有的人很会经营，可以把一分钟变成两分钟，一小时变成两小时，24个小时变成48个小时……他用上天赐予的时间做了很多的事，最终换来了成功。其实，这世界上成功的政治家、科学家、发明家、文学家等，其过人之处就是能够合理地运用时间，他们都是管理时间的高手。

属于每个人的时间都是差不多的，但是，在相同的时间里，有些人能够做很多事情，效率很高，而有些人只能做极少的事情，毫无效率。所以看起来就好像有的人拥有的时间长，而有的人拥有的时间短。其实时间的长短，是由人怎样利用决定的。在同样的时间里，有的人做的事多，有的人做的事少，这样时间就有了长短的区别。

但是，无论从事什么职业，每个人的一天都只有24个小时，这是上苍对人类最公平的地方。虽然如此，但有人就有本事把一天的24个小时变成48个小时来用。

现代人追求时间，就是追求效益，追求在有限的时间内做更多的事情，从而使自己的人生丰富多彩，充分实现人生价值。

有这样一位成功人士，他每天早上5点起床，先做早操，然后吃早点、看报纸，接着开车去上班，车上听的不是路况报道，而是帮助提升自我的课程。由于出门早，基本不会堵车，到达办公室差不多7点半，他又用7点半到9点这段时间准备上班所要的资料。到了下班时间，他会利用一个多小时看书，然后在7点左右回家，因为那时不堵车，半小时便可回家。在车上，他仍然听课程录音。吃过饭后，便进书房看书、做笔记，一直到11点上床睡觉。

他和别人不一样，他的一天有48个小时，因为他一天做的事情是别人花两天才能做完的。其实他也没什么法宝，只是不让时间白白地流逝罢了。而要让时间流逝是很容易的，发个呆，看会儿电视，一个晚上很容易就被打发了。

如果天天如此，一年、两年很快就过去了，你的进步和别人一比，就有了明显的差距。

因此你有必要把一天变成48个小时，让你的每一分、每一秒发挥最大的效益。其实这并不难，合理规划时间并且认真地去实践就行了。

学校上课都有课程表，其实这就是最基本的时间规划，你也可参考这种方式，把自己一天当中什么时间要做什么事情列在一张表上，并且每天按表作息。一开始你会很不习惯，又因为没有人监督，所以很有可能会偷懒，如果偷懒，你就失败了，所以你必须坚持，再感觉透不过气也不可松懈。过一段时间以后，计划成为习惯，然后你的时间就会"增值"，一天变成36个小时、48个小时，甚至更多。也就是说，你的时间效益提高了。

如果你想创造成功的人生，在事业上有所作为，就必须锻炼自己利用时间、管理时间的能力，把24个小时当作48个小时来用。

这世界上有许多人不懂得珍惜时间，不懂得珍惜现在所拥有的一切。事实上，时间是在一分一秒中积累的。一位名人曾说过："我把别人喝咖啡的时间都用在工作上。"可见其对时间的珍惜。一个人如果想在学识上有所造诣，在事业上有所成就，没有这种惜时如金的精神，没有时不我待的紧迫感，是不行的。记住，真正成功的人的时间都是用秒来计算的。

放弃了一秒钟的时间，你就会不知不觉放弃一分钟的时间；放弃了一分钟的时间，你就会觉得放弃一小时的时间并不是多么不可原谅的事情。于是，在一点一滴的放弃中，你也同时放弃了许多生命中的精彩瞬间。

6. 旧游无处不堪寻。无寻处，惟有少年心
——时间一去不复返

◎ **出处**

章良能《小重山·柳暗花明春事深》

◎ **原文**

柳暗花明春事深。小阑红芍药，已抽簪。雨馀风软碎鸣禽。迟迟日，犹带一分阴。

往事莫沉吟。身闲时序好，且登临。旧游无处不堪寻。无寻处，惟有少年心。

◎ **译文**

柳色春花明丽清新，春意已深。小花栏里的红芍药，已经露出了尖尖的小小花苞，如同美人头上的美丽饰物。雨后的春风，更显得温柔轻盈，到处响着各种鸟雀婉转的迎接春天的歌声。太阳缓缓升起，晴空中尚有一点儿乌云。

以往的事情，再也不必回顾思索。趁着美好的春景，赶快去大好河山好好游览。旧日游玩过的痕迹，如今处处都可找寻。但无处可寻的，只有那颗少年时的心。

◎ **赏析**

年华流逝，故地重游之时，在一切都依稀如往日的情景下，突然感到失去了少年时的那种心境，词人不禁生出惆怅之情。少年时代是人生最富有朝气，也最为欢乐的时代，那些年少立下的鸿鹄之志，那些充满着幸福憧憬的幻想，只需稍一回首，就会使人受到某种鼓舞。人到中

年，深情地回首往昔，总是想重寻那一颗少年心，带着失去少年时光的不甘和怅惘。

昨天的事情已经过去，不管成功还是失败，全都已成往事。从昨天的记忆里走出来，你才能活在当下。今日你如何利用你的时间十分重要，因为时间是一去而不复返的。

当你忙于追求有价值的目标时，你会觉得时间飞逝。但如果你只是在熬时间，那便是一件很痛苦的事。

"一日之计在于晨。"当我们早起时，尤其是经过一晚的酣睡后，心境大不一样。我们以期待的心情迎接新的一天，发动内在的力量，来迎接眼前的挑战。昨天在你的睡梦中结束了，所有的不快和担忧也随之而结束。今天是新的一天，你可以写下新的一页，只要你肯尝试。

人生是有限的，但人们在有限的人生里究竟把多少时间用在了现在，用在了当下所做的事上？在时间的长河里，昨天已经过去了，明天还没有来，只有今天属于自己。但很多时候，人们却把时间用于思前想后，用在沉湎旧事、旧情、旧物，用在悔恨过去的某些失误，或者用在对未来岁月的空想，而这一切都是没有用处的，都是对时间的浪费。为了已经过去的事情忏悔、愁闷、叹息毫无价值，这样做不但浪费了你的时间，也浪费了你的情感，浪费了你的精力。

放眼历史，再没有别的日子是比"今日"更伟大的了。"今日"是一个宝库。在这宝库中，蕴藏着过去各个时代的精华。发明家、文学家、思想家等，都曾将他们努力的成果奉献给"今日"。

有些人往往有"生不逢时"的感叹，以为过去的时代都是黄金时代，现在的时代却大不如前。这真是大错特错了。我们不应该生活在"昨日"或"明日"的世界，把精力耗费在追怀过去与幻想未来之中。

活在现在，你千万不要因为幻想下个月可能会发生的事，而失去了这个月中能得到的一切；不要因为你对于下一月、下一年有所计划，有所憧憬，就虚度了这一月、这一年；不要因为目光注视着天上的星星，而踩坏你脚下的玫瑰花。

你应当下定决心，努力改善你现在所住的小屋，使它成为世界上快乐、甜蜜的处所。至于你幻想中的高楼大厦，在没有实现之前，还是请你把你的注意力集中在你现有的小屋上。这并不是不让你为明天打算，不去憧憬未来。这只是说，我们不应当过度地幻想"明天"，不应当过度地沉迷于"将来"的梦中，这样反而会丧失"今日"，丧失今天的一切欢愉与机会。

人们常有这样一种心理，想脱离现在不快的境地，在渺茫的未来中寻得快乐与幸福。然而，试问有谁可以担保，一旦离开现有的处境，就可得到幸福呢？因此，我们应该紧紧抓住"今日"。

我国著名书画家齐白石先生，在九十多岁时仍然每天坚持作画，"不教一日闲过"。有一次，齐白石过生日，许多人都来祝寿，从早到晚客人不断，先生因此未能作画。第二天一大早，先生就起来了，他顾不上吃饭，走进画室，一张又一张地画起来，连画五张，完成了自己规定的今天的"任务"。在家人的反复催促下吃过饭，他又继续画起来，家人说："您已经画了五张，怎么又画上了？"他回答道："昨天生日，客人多，没作画，今天多画几张，以补昨天的'闲过'呀。"说完又认真地画起来。齐白石老先生就是这样抓紧每一个"今天"，也正因如此，他才有了充实而光辉的一生。

抓住现在的时光，这是你能够有所作为的唯一时刻。不要因为介怀昨天的事，而毁了你今天的努力。假如我们因不能充分利用今日而虚度时光，那么日子将一去不返。

所谓"今日"，正是"昨日"计划中的"明日"，而这个宝贵的"今日"，不久将消失到更遥远的地方。对于我们每个人来讲，唯一能掌握的只有现在——昨天已成为历史，明天尚未到来，仍属幻想，只有现在掌握在你手中，只有现在才能做自己想做的一切。人生拼搏的机会是不多的，因此我们要珍惜时间，从今天开始，从现在做起。

第八章　人生如逆旅，我亦是行人——时光易逝，珍惜人生